a formiga--leão
e outros animais
na Guerra do Paraguai

Sérgio Medeiros

a formiga-leão

e outros animais
na Guerra do Paraguai

ILUMI//URAS

Copyright 2015 ©
Sérgio Medeiros

Copyright © desta edição
Editora Iluminuras Ltda.

Capa
Eder Cardoso/ Iluminuras
sobre desenho de Bruno Napoleão do Amarante Medeiros.

Revisão
Júlio César Ramos

Agradeço ao CNPq a bolsa de pesquisa que
me permitiu escrever este ensaio.

CIP-BRASIL. CATALOGAÇÃO-NA-FONTE
SINDICATO NACIONAL DOS EDITORES DE LIVROS, RJ

M44f

    Medeiros, Sérgio
        A formiga-leão e outros animais na Guerra do Paraguai / Sérgio Medeiros. - 1. ed. - São Paulo : Iluminuras, 2015.

       128 p. : il. ; 21 cm.

       Isbn: 978-85-7321-469-7

       1. Literatura - História e crítica. I. Título.

15-22910   CDD: 809
                               CDU: 82.09

2015
EDITORA ILUMINURAS LTDA.
Rua Inácio Pereira da Rocha, 389
05432-011 - São Paulo - SP - Brasil
Tel./Fax: 55 11 3031-6161
iluminuras@iluminuras.com.br
www.iluminuras.com.br

SUMÁRIO

Apresentação, 7
    A formiga-leão, 11
    A sucuri, 45
    O burro, os cavalos, as muquiranas etc., 83
Conclusão, 93

Anexo A
Memórias (capítulo XX), 97

Anexo B
Viagens de outr'ora ("O rio Aquidauna"), 103

Referências bibliográficas, 125

APRESENTAÇÃO

Os animais que citarei neste ensaio serão retirados de duas obras memorialísticas de Alfredo d'Escragnolle-Taunay, mais conhecido como Visconde de Taunay, que se distinguiu como militar, político e escritor; ambas as obras foram publicadas postumamente: *Viagens de outr'ora*, que é uma compilação de 1921 de textos inéditos ou apenas parcialmente divulgados, reunidos por seu filho, Afonso d'E. Taunay; e *Memórias*, cuja edição *princeps* é de 1948, pois, conforme desejo expresso do autor, ela só pôde ser divulgada 50 anos após a sua redação final.[1] O Visconde de Taunay nasceu no Rio de Janeiro, em 1843, e faleceu nessa mesma cidade, em 1899.

Da primeira obra, *Viagens de outr'ora*, cujo subtítulo é "Cenas e quadros mato-grossenses (1865-1867)", apenas o texto inicial, "O rio Aquidauana", será relevante para discutir o papel da fauna na Guerra do Paraguai, uma vez que elenca vários animais que o autor encontrou no sul da província de Mato Grosso, alguns deles chamados de "monstros", como, por exemplo, as sucuris. No Anexo B ofereço esse texto na íntegra, pois a obra *Viagens de outr'ora*, segundo verifiquei, encontra-se fora de circulação.

Em 2007, preparei uma nova edição de *Memórias*, para a editora Iluminuras, com um breve ensaio introdutório de minha autoria; ela reproduz integralmente o original publicado em 1948. Obra volumosa e diversificada, pois aspira a narrar episódios que cobrem toda a vida do escritor, a partir da infância até os dias finais, destacarei dela a terceira parte, que descreve o período que vai de 1865 a 1869, portanto, o da Guerra do Paraguai, e que narra a expedição de Mato Grosso, na qual o jovem Taunay, então com 22 anos

---

[1] O manuscrito, confiado pelo autor à guarda da Arca do Sigilo do Instituto Histórico e Geográfico Brasileiro, trazia esta declaração sua: "Estas *Memórias* só podem, só devem ser entregues à publicidade depois de 22 de fevereiro de 1943, isto é, completos cem anos de meu nascimento, ou cinquenta anos de 1893, data em que as hei de depor em lugar seguro. (a) Visconde de Taunay" (Taunay, 2005, p. 23). Afonso d'E. Taunay reuniu no livro *Dias de guerra e de sertão*, publicado em 1920, vários trechos das *Memórias* que já haviam sido divulgados pelo autor, entre 1894 e 1898.

incompletos, tomou parte na condição de ajudante da comissão de engenheiros. A longa viagem de 2.200 quilômetros do Rio de Janeiro até a fronteira com o Paraguai, na província de Mato Grosso, no Centro-Oeste, enquanto o resto do Exército Brasileiro seguia para o sul do país, é o tema das *Memórias* que elegerei, porque ele nos poderá apontar, acredito, um dos símbolos ou emblemas dessa guerra, considerada a mais sangrenta da América do Sul: a formiga-leão, uma larva que Taunay encontrou nos confins desconhecidos do Império do Brasil, passando a estudá-la minuciosamente, pois viu nela, antes mesmo do primeiro confronto com os paraguaios, o possível modelo do "soldado". O capítulo XX das *Memórias* é dedicado a essa larva aguerrida, que dispõe de incrível máquina de guerra, e está reproduzido na íntegra no Anexo A.

Convém observar que o "relato de guerra", na minha concepção, não descreve apenas o campo de batalha, onde os inimigos se enfrentam, mas também o deslocamento que tira o soldado do seu mundo familiar e o coloca num universo estranho, onde a noção de conflito é fluida e abrangente, implicando tanto episódios cruéis quanto incidentes aparentemente fúteis, como o contato com insetos que não representam nenhuma ameaça ao homem. Remeto o leitor à obra *Authoring war*, de Kate McLoughlin, que discute a "representação" das experiências de guerra na literatura ocidental, desde as mais banais até as mais terríveis.

No outro livro citado, *Viagens de Outr'ora*, o Visconde de Taunay enfatiza mais o caminho de volta, o regresso à Corte, e destaca, como já afirmei, os "monstros", isto é, os grandes animais que habitam a fronteira do Brasil com o Paraguai.

A pequena formiga-leão, um inseto em estado larvar, e a descomunal sucuri, uma serpente já plenamente desenvolvida, serão portanto dois dos animais que apresentarei e discutirei nas páginas que se seguem, centrando-me sempre no retrato que o Visconde de Taunay fez de ambos usando como pano de fundo a Guerra do Paraguai. Vários outros animais, no entanto, também serão elencados e comentados mais à frente, pois com eles o engenheiro militar igualmente topou nos "fundos sertões", como denominou muitas vezes o mundo ora inóspito, ora formoso, conforme ele mesmo afirmou, que percorreu durante a expedição militar para a província de Mato Grosso.

Depois de regressar à Corte, o engenheiro militar Taunay voltaria mais uma vez ao campo de batalha, desta vez em 1869, acompanhando o príncipe Gastão de Orléans, o Conde d'Eu, então com 27 anos e recém-nomeado comandante em chefe das forças brasileiras em operação na República do Paraguai. Taunay o acompanhou até Assunção, nos últimos meses da guerra, incumbido de redigir o *Diário do Exército*, e constatou a devastação do país, registrando depois suas impressões pessoais nas *Memórias*.

O escritor carioca, como veremos, buscou na literatura latina casos análogos àqueles que decidira registrar em seus textos memorialísticos, citando autores como Virgílio e Tito Lívio, por exemplo, os quais escreveram páginas célebres de confrontos entre animais e seres humanos. Também ele alude a um episódio lido talvez num "romance de outrora", talvez um folhetim sensacionalista, traçando um curioso paralelo entre a larva predadora e um perverso assassino, sem nome nem nacionalidade.

Os animais do bestiário do Visconde de Taunay também dialogarão, neste ensaio, com os de outros bestiários, e não exclusivamente com os animais da Primeira Guerra Púnica, quando Atílio Régulo se transportou às costas da África para atacar Cartago e se deparou com uma monstruosa serpente, episódio referido pelo autor do clássico *Inocência*. Ou seja, pretendo apostar num percurso orientado não apenas para o universo da literatura antiga, mas também para o da literatura moderna, que expressou conflitos cruciais da Segunda Guerra Mundial, referência que escolherei para contrastar com a do nosso autor na Guerra do Paraguai. Assim, discutirei a atuação dos animais na Guerra do Paraguai recorrendo a autores de obras do século XX que também situaram os animais num cenário de guerra, mesmo que esse cenário seja, na aparência, apenas um aprazível jardim que nada teria a ver com os conflitos mais sangrentos da história recente: Ernst Jünger, Curzio Malaparte, Witold Gombrowicz, e Primo Levi

Jorge Luis Borges, Julio Cortázar e Augusto Roa Bastos serão outros escritores aos quais também recorrerei a seguir, para alar-

9

gar literariamente o universo dos animais na Guerra da Tríplice Aliança: espero que a presença de espécimes novos no bestiário do Visconde de Taunay possa esclarecer as perspectivas e as estratégias narrativas do escritor brasileiro, cujos retratos de animais também serão contrastados, pelo mesmo motivo, no final deste ensaio, com um depoimento dele sobre uma palmeira que muito o impressionou, o buriti, espécie de emblema desse vasto sertão que ele visitou durante a referida guerra.

Parece-me que nas páginas a seguir pouquíssimos animais alçarão voo e sobrevoarão as palmas do belíssimo buriti, o encanto do sertão, segundo o Visconde de Taunay. A larva, a sucuri, o jabuti, o burro e tantos outros serão encontrados sempre no chão, ao longo do caminho que leva ao Paraguai. Até mesmo o urubu branco não baterá as asas, pois será visto no campo comendo carniça. Alguns outros, como as pulgas e as muquiranas, serão encontrados não à beira do caminho, mas nos cabelos e nas roupas do jovem Taunay, que não apreciará, evidentemente, tal intimidade.

Florianópolis, janeiro de 2015.

A FORMIGA-LEÃO

Em janeiro de 1866, choveu muito num certo "ermo" do Centro-Oeste que o escritor Visconde de Taunay identifica em suas *Memórias* como o Coxim, ponto de confluência dos rios Taquari e Coxim, ao sul da província de Mato Grosso. E foi exatamente ali, nesse mesmo mês, entre trombas d'água, que ele se deparou com a larva da formiga-leão[1] e passou a estudar-lhe os hábitos. A região era nova para o escritor, que nascera e crescera na capital do Império.

A viagem do Rio de Janeiro até essa região desconhecida de Mato Grosso fora longa e acidentada. Taunay assentou praça no Exército em 1861. Quando estourou a Guerra do Paraguai e o país vizinho invadiu o sul de Mato Grosso, em dezembro de 1864, Taunay cursava o segundo ano de engenharia militar na Escola Militar da Praia Vermelha, no Rio de Janeiro. No ano seguinte, com 22 anos e segundo-tenente, ele não seguiu com o Exército para o sul do país, mas foi nomeado, graças à influência de seu pai junto ao Imperador, ajudante da comissão de engenheiros das forças destinadas a Mato Grosso, no Centro-Oeste. Assim ele burlou a perspectiva de seguir para a guerra como simples tenente de artilharia, o que não o atraía, na unidade comandada pelo capitão Manoel Deodoro da Fonseca, que duas décadas depois se tornaria presidente da República dos Estados Unidos do Brasil.

Pretendia o Império atacar o inimigo paraguaio em duas fronteiras, meridional e setentrional, ou seja, a partir da margem do rio Apa, no sul de Mato Grosso, e de Corrientes, no norte da Argentina.[2]

[1] Formiga-leão: é um inseto neuróptero (mirmeleontídeo) que, quando adulto, se parece com uma libélula. A larva vive no chão, em escavações semelhantes a um cone invertido, e alimenta-se de outros insetos, principalmente formigas.

[2] Argentina, Brasil e Uruguai, os três países agredidos pelo Paraguai, que dispunha de um Exército de cerca de 60 mil homens (o contingente brasileiro era de 18 mil homens), reuniram-se em Buenos Aires no dia 1º de maio de 1865 e firmaram o acordo da Tríplice Aliança, para conter o ímpeto expansionista do presidente Solano López

Sabia o jovem Taunay que a expedição para o Centro-Oeste percorreria "sertões imperfeitamente conhecidos e mal explorados", como ele afirma nas *Memórias*. As forças disponíveis deveriam reunir-se em São Paulo, de onde a coluna expedicionária partiria para o rio Apa, passando por Minas Gerais e Goiás.

Com cerca de três mil homens, a morosa coluna pôs-se a marchar em abril de 1865 e finalmente penetrou, em meio a protelações inexplicáveis, nos "sertões", palavra que, nos escritos do Visconde de Taunay, e especialmente nas *Memórias*, refere-se a uma vasta região quase despovoada e inculta que se estende a partir de Uberaba, Minas Gerais, até a fronteira com o Paraguai, abrangendo, portanto, as províncias de Goiás e Mato Grosso.

Acampou no Coxim, em outubro de 1865, o "seguinte pessoal", conforme o escritor deixou registrado nas *Memórias*:

Coronel Comandante	1
Empregados no Quartel do Comando	4
Na Repartição do Deputado do Ajudante-General	4
Na do Deputado do Quartel Mestre General	3
Na Comissão de Engenheiros	7
Na Repartição de Saúde	9
Enfermeiros	28
Corpo Provisório de Artilharia	157
1ª Brigada de Infantaria	1.098
2ª Brigada de Infantaria	892
Total	2.203

(Taunay, 2005b, p. 196).

Obviamente, havia muito mais gente no Coxim, acompanhando esse pessoal registrado no mapa da força total, apresentado acima. Devo lembrar que o nosso tenente estava encarregado, entre outras funções, de redigir o *Relatório Geral da Comissão de Engenheiros*, e

(1827-1870). Este havia declarado guerra ao Brasil em 13 de dezembro de 1864 e, no dia 26 desse mesmo mês, invadiu o sul de Mato Grosso. "Rapidamente a maior parte do território oeste mato-grossense caiu em mãos paraguaias", lembra Vitor Izecksohn, "até porque não havia preparo militar prévio para resistir a uma invasão em larga escala. As populações do sul e do oeste da província fugiram para áreas mais seguras, porém, como não havia plano de evacuação nem expectativa de invasão iminente, muito menos meios de transporte capazes de agilizar desocupação eficiente, essas fugas foram marcadas pela fome e pela improvisação, levando à destruição da infraestrutura produtiva e à perda de muitas vidas por inanição e doenças" (Izecksohn, 2009, p. 395).

o fez escrupulosamente, durante toda a longa e morosa viagem. "Somando a este pessoal combatente os agregados necessários, bagageiros, carreteiros, mulheres, crianças, pode se afirmar que no Coxim, no começo do ano de 1866, estavam acampados para cima de três mil e quinhentos brasileiros", afirma o Visconde de Taunay, para logo esclarecer: "gente insuficientíssima para qualquer operação de guerra proveitosa em tão distantes e abandonadas paragens, mas exageradamente numerosa em vista dos meios de subsistência que elas lhe poderiam oferecer" (TAUNAY, 2005b, p. 197).

O Visconde de Taunay percorrera, desde Santos, na província de São Paulo, até o Coxim, posição pitoresca e saudável, como esclarece o memorialista, 1.742 quilômetros e meio. Instruções ministeriais ordenavam marcha pronta daquele lugar até a fronteira do Apa, a fim de desalojar o inimigo, se ele porventura ainda lá estivesse, e fazer "a bandeira nacional flutuar de novo na extrema divisa do Império!" (TAUNAY, 2005b, p. 198). Mas esse "belo programa" era na verdade dificílimo de executar, pois escasseavam os víveres e a comunicação com a Corte tornava-se cada dia mais precária, sendo mínima, diante desse quadro, a possibilidade de contar com socorro, caso este fosse necessário.

Situado em terreno um pouco elevado e isento de grandes inundações, o Coxim era um porto seguro relativamente aos pantanais temidos que as forças teriam de atravessar, a partir dessa região enxuta, se quisessem chegar ao seu destino final, o rio Apa. "Transpor tudo aquilo", rememora com incredulidade o tenente Taunay, "dezenas e dezenas de léguas de pavoroso tremedal, oceano de lama em que podiam afundar-se montanhas" (TAUNAY, 2005b, p. 199), era ideia de quem apenas consultara um mapa (o único de que o governo dispunha) "faceiro, colorido, mimoso", conforme ironiza o escritor, que não correspondia à realidade. "Simples traços paralelos coloridos de rosa a representar convencionalmente água... e nada mais" (TAUNAY, 2005b, p. 199).

As forças não se moveram além do Coxim, o que é compreensível. O chuvoso mês de janeiro as encontrou ali, não exatamente de braços cruzados, mas, para empregar uma locução usada bem a propósito pelo Visconde de Taunay, "a braços com a fome".

***

Foi nesse momento, quando a coluna expedicionária ainda não havia se defrontado com o inimigo nem ocorrera qualquer tipo de escaramuça no aprazível Coxim (meses antes, porém, os paraguaios haviam saqueado e queimado propriedades nos arredores), foi então que a formiga-leão atraiu a atenção do engenheiro militar, que passou a estudar-lhe os ardis para conseguir o "pasto diário", ficando muito impressionado com seu exemplo de incessante e implacável luta pela vida. O que a larva lhe revelou, na verdade, foi algo surpreendente e digno de nota: o funcionamento perfeito de uma "máquina de guerra".

"Diferentemente daqueles que julgaram a condição animal como infeliz e pobre, não faltaram desde a antiguidade filósofos que consideraram os animais como modelos do comportamento humano", comentou Mario Perniola ao falar dos cínicos e dos estoicos, acrescentando que, para os últimos, em particular, os animais "nunca estão em discórdia consigo mesmos, e, assim como as crianças, eles são *quase* sábios e *quase* virtuosos. No pensamento estoico sobre a animalidade, a palavra *osaneí* (quase, como se) assume um papel fundamental e indica uma adesão espontânea ao evento cósmico" (PERNIOLA, 2010, p. 67 e pp. 68-9, grifo do autor). Conforme proporei aqui, os animais do bestiário do Visconde de Taunay também são apresentados ao leitor "quase" como modelos, à semelhança dos animais dos filósofos estoicos, para quem a ideia que temos dos animais não é independente da ideia que temos da humanidade. Em nenhum momento, porém, pressuporei neste ensaio que o Visconde de Taunay foi um estoico ou um cínico, mas mostrarei que ele, nos seus textos, afirmou a sua paixão pela natureza, revelando um interesse genuíno pelos animais, fossem grandes ou pequenos, uma larva ou uma serpente. Os animais que ele observou na província de Mato Grosso não eram, decididamente, nem pobres nem infelizes, pois em suas ações ele pôde perceber técnica apurada e refinamento artístico, e até humor. Com essa observação não estou sugerindo, porém, que tenha havido sempre uma identificação plena e imediata do escritor com eles...

Segundo essa proposta de leitura, mostrarei agora que a primeira operação de guerra que o nosso autor registra no seu livro de memórias é a de um inseto muito comum no Coxim, cujo apetite voraz é impressionante, conforme ele prontamente enfatiza. Antes de entrar em contato direto com o soldado paraguaio, o engenheiro militar viu casualmente a larva da formiga-leão no chão e soube tirar desse encontro aparentemente banal certas lições, que explicam tanto a sua relação com a fauna brasileira quanto com a guerra em geral.

Ao longo do calcinante mês de janeiro os militares se depararam invariavelmente com "manhãs radiantes de sol esplêndido, [...] e, das três da tarde até às seis ou sete, violenta tempestade, que, por vezes, tomava visos de ciclone" (TAUNAY, 2005, p. 200; ver Anexo A). Assim como outros integrantes da coluna expedicionária, o jovem Taunay também passou a levar uma vida inativa, sendo às vezes dominado por pensamentos sombrios. Para dissipar a melancolia, ele costumava ir pescar no Taquari, mas logo encontrou outro tipo de distração:

> Outro passatempo meu no melancólico e penoso acampamento do Coxim, à margem direita do largo e límpido Taquari, consistia em seguir e observar de perto o curiosíssimo trabalho da *formica leo*, inseto sobremaneira frequente naquelas paragens.
>
> A larva é esbranquiçada, bastante parecida com o cupim, pesadona de corpo e com um abdome grosso e estufado, que não lhe permite translação rápida e até moderada locomoção. Nestas condições, difícil lhe fora prover os meios de subsistência, de modo que, pungida pelo aguilhão do voraz apetite, peculiar ao seu estado de transição, se vê obrigada a recorrer à mais engenhosa e bem-concebida das armadilhas, de feição para assim dizer científica (TAUNAY, 2005b, p. 201, grifo do autor; ver Anexo A).

Acocorado ou sentado no chão, o engenheiro militar passou horas observando os movimentos morosos da larva do inseto em questão, certamente fascinado com o que via. Esse "espetáculo" no Coxim às vezes lhe parecia trágico, às vezes, cômico, e o comportamento do Visconde de Taunay diante do inseto certamente lembra menos o do militar envolvido numa real operação de guerra e mais o do adolescente ocioso e solitário, sobre o qual ainda falarei. O "espetáculo" começava muito cedo, ainda de madrugada, pois longo era o trabalho de preparação do "palco": "Quase sempre de manhã cedo é que a colheita se torna mais copiosa, de maneira que as armadilhas se preparam de madrugada ou pouco depois, consumindo a execução quase quarenta minutos de aturado afã" (TAUNAY, 2055, p. 203; ver Anexo A).

Há uma breve passagem que corresponde ao capítulo 120 do romance *O jogo da amarelinha*, de Julio Cortázar, originalmente publicado em 1964, que poderá nos ajudar a avaliar melhor, segundo entendo, aquilo que o escritor brasileiro percebia, e até mesmo aonde a sua percepção poderia chegar, nesses momentos em que contemplava a armadilha da formiga-leão sendo construída sob os seus olhos atentos. Vejamos o que diz Cortázar, ao falar de um personagem chamado Ireneo, cuja mentalidade eu situaria, na referida passagem do romance, entre a infância e a adolescência: de fato, o uruguaio se extasiava, como o fez Taunay, com a luta dos insetos pela vida. Mas, neste segundo exemplo, há uma deliberada intromissão — que revela inegável dose de perversidade do personagem — na luta de uma larva (lagarta) com insetos adultos, muito maior do que a que o escritor brasileiro fora capaz de fazer, como ainda veremos. Cito agora o romancista argentino, na tradução brasileira:

> [...] à hora da sesta, todos dormiam, era fácil levantar-se da cama sem acordar sua mãe, engatinhar até a porta, sair devagar cheirando com avidez a terra úmida do chão, escapar pela porta até as pastagens do fundo; os salgueiros estavam cobertos de bichos-de-cesto. Ireneo escolhia um bem grande, sentava-se ao lado de um formigueiro e começava a apertar pouco a pouco o casulo até que a lagarta[3] punha a cabeça pela golilha sedosa e, então, era preciso segurá-la delicadamente pela pele do pescoço como um gato, puxar sem muita força para não a machucar, e a lagarta ficava nua, retorcendo-se comicamente no ar; Ireneo a colocava ao lado do formigueiro e instalava-se na sombra, de bruços, esperando; àquela hora, as formigas negras trabalhavam furiosamente, cortando o pasto e carregando bichos mortos ou vivos, trazidos de todos os lugares; em seguida, uma

---

[3] No original, a palavra usada é "gusano", que significa "lagarta", porém não "lagarto", como consta da tradução brasileira publicada pela Civilização Brasileira. Considerei necessário corrigir esse deslize, pois do contrário não poderia usar a referida tradução, pela simples razão de que "gusano" refere-se unicamente à larva do inseto lepidóptero psiquídeo. As lagartas e as fêmeas vivem em saquinhos alongados, lembrando um pequeno cesto, razão pela qual são conhecidas como bichos-de-cesto.

pesquisadora avistava a lagarta, seu corpo contorcendo-se grotescamente, apalpava-o com as antenas como se não pudesse convencer-se de tanta sorte, corria de um lado para o outro, roçando as antenas das outras formigas e, um minuto mais tarde, a lagarta estava rodeada, montada, inutilmente se retorcia para livrar-se das pinças que se cravavam na sua pele, enquanto as formigas a arrastavam em direção ao formigueiro; Ireneo deliciava-se sobretudo com a perplexidade das formigas quando não conseguiam fazer com que a lagarta entrasse pela boca do formigueiro; a brincadeira consistia em escolher uma lagarta maior do que a entrada do formigueiro, as formigas eram estúpidas e não compreendiam, puxavam a lagarta por todos os lados, mas a lagarta se retorcia furiosamente, devia ser horrível o que sentia, com as patas e as pinças das formigas sobre todo o seu corpo, nos olhos e na pele, debatia-se, querendo livrar-se, e isso era pior porque vinham mais formigas, algumas verdadeiramente enraivecidas, que lhe cravavam as pinças com mais força e não as soltavam até conseguir que a cara da lagarta se enterrasse um pouco no poço do formigueiro, e outras, que vinham do fundo, deviam estar puxando com todas as forças para enfiá-la; Ireneo gostaria de poder estar dentro do formigueiro para ver como as formigas puxavam pela lagarta, metendo-lhe as pinças nos olhos e na boca e puxando com todas as suas forças até enfiá-la inteiramente, até levá-la para as profundezas e matá-la e comê-la (Cortázar, 2012, pp. 550-1).

Entre o jovem Taunay e esse personagem uruguaio de Cortázar, chamado também de "o negro Ireneo" (ele irá violentar a Maga, conforme se narra em outra passagem de *O jogo da amarelinha*, uma jovem uruguaia que se tornará a musa do protagonista, o argentino Horacio Oliveira, envolvendo-se numa espiral da violência que a citação acima mal nos deixa entrever), há algumas semelhanças e muitas diferenças, as quais comentarei. Sabemos já que o termo "bicho-de-cesto" designa a larva (ou lagarta) do inseto lepidóptero psiquídeo, quando este vive ainda em saquinhos, ou cestas. Após se apossar de um desses saquinhos que estavam pendurados nos salgueiros, Ireneo deixou nua a larva, isto é, despida do seu casulo (essa tarefa lhe exigiu certa delicadeza, para não machucar o frágil animal), depositando-a depois no chão, ao lado do formigueiro, numa hora do dia em que as "formigas negras trabalhavam furiosamente". Aqui caberia destacar o adjetivo "negro", que se aplica tanto às formigas quanto ao próprio personagem, que se tornará, em outra passagem do romance, "o negro Ireneo". E caberia ainda acrescentar *en passant* um comentário sobre as formigas que consta do conto "Bestiário", que dá título à primeira coletânea de contos do autor argentino, publicada em Buenos Aires em 1951: "*Mejor hormigas negras que coloradas: más grandes, más ferozes*", afirma Isabel, uma das crianças que, nesse texto, brinca com formigas e tenta fazer com que as duas espécies de cores diferentes lutem entre si, dentro da urna de vidro em que foram confinadas (CORTÁZAR, 2006, p. 148). Assim, as formigas negras são as preferidas das crianças, nesse conto e no capítulo do romance citado.

Um sugestivo paradigma da atitude juvenil (refiro-me, evidentemente, a personagens literários) com relação a insetos vamos encontrar no romance *Pornografia*, do escritor polonês Witold Gombrowicz, que viveu na Argentina cerca de 24 anos, a partir da eclosão da Segunda Guerra Mundial. O tema da imaturidade é recorrente na obra do escritor, o qual afirmou, num conhecido livro de entrevistas, que "ser jovem significa ser mais fraco, inferior, incapaz, imaturo... logo, é estar abaixo do nível dos valores... e (atenção!) até mesmo abaixo de si próprio (no futuro!)", e, no entanto, é a juventude, e somente ela, que atrai Gombrowicz. A juventude é o impulso que nos conduz, segundo seu ponto de vista, para todas as outras "inferioridades", sociais e até mesmo espirituais, que nos definem (Gombrowicz, 1996, pp. 137-8). Publicado em 1960, pouco antes do retorno do escritor à Europa, o romance se passa na Polônia ocupada pelos nazistas. Numa cena que transcorre no campo, vemos juntos dois jovens interioranos, Karol e Henia, e dois senhores de Varsóvia, Fryderyk e Witold (o narrador), ambos recém-chegados àquela propriedade rural:

> Mas ao dobrarmos um dos cantos da casa, no caminho que levava ao escritório, deparamos com eles. Ela, com uma garrafa na mão, ele parado diante dela. Conversavam. A infantilidade dos dois, sua total infantilidade, era evidente; ela, uma colegial; ele, um aluno metido a besta.
> [...]
> Um pássaro passou voando.
> Fryderyk: — Que pássaro é esse?
> Karol: — É um papa-figo.
> Fryderyk: — Há muitos por aqui?
> Ela: — Olhe, que minhoca enorme!
> Karol continuava a se balançar com as pernas entreabertas, ela ergueu a sua para coçar a panturrilha, mas o pé dele se levantou e, apoiando-se

no calcanhar, descreveu um semicírculo e esmagou a minhoca... somente uma ponta dela, até o lugar que seu pé alcançava, pois estava com preguiça de erguer o calcanhar; o resto do corpo da minhoca começou a se contorcer, e Karol ficou olhando para aquilo com grande interesse. Isso não teria sido mais importante do que o padecimento de uma mosca presa a uma tira de papel gomado ou o de uma mariposa junto de uma lâmpada, se os olhos de Fryderyk não tivessem se fixado à minhoca com um olhar vítreo, que sugava por completo o sofrimento dela. Podia parecer que estivesse chocado, mas na verdade não havia nele nada mais que uma identificação com aquele tormento, com o ato de beber daquele cálice até a última gota. Estava ávido, sorvia, tragava, assumia a tortura e — petrificado, calado, mantido pelas presas da dor — não conseguia se mover. Karol olhou paras ele, mas não matou a minhoca; o horror de Fryderyk lhe pareceu histérico.

O chinelo de Henia se moveu — e ela esmagou o verme.

Mas só a outra ponta, com toda precisão, preservando a parte central, para que a minhoca continuasse a se contorcer.

Tudo aquilo era — insignificante... como só pode ser insignificante o esmagamento de um verme (GOMBROWICZ, 2009, pp. 73-5).

Segundo esse paradigma, os dois jovens são indiferentes em face do sofrimento da minhoca, por isso não se comovem enquanto contemplam o corpo dela, com as extremidades esmagadas, a se contorcer grotescamente no chão. Também o negro Ireneo se mostrou insensível ao sofrimento da larva quando a viu lutar bravamente contra o exército de formigas pretas... Foi ele mesmo, aliás, quem depôs deliberadamente a larva nua aos pés do formigueiro, e decerto não foi a primeira vez que agiu assim, de modo que tudo se reduziu a um divertimento que quis proporcionar a si próprio.

Mas, e quanto ao jovem tenente Taunay? Será que ele foi capaz de se identificar, ao contrário dos personagens de Gombrowicz e de Cortázar, com o tormento das presas cuja "linfa vital" era sugada pela formiga-leão? Comentarei isso mais à frente, pois precisaremos ler outros parágrafos das *Memórias*, nos quais ele discorre sobre os seus sentimentos com relação à formiga-leão e as vítimas dela.

***

Voltando, porém, ao breve capítulo de *O jogo da amarelinha* que estou discutindo, caberia comentar que, nele, as formigas negras se mostram à altura da sua fama de insetos ferozes, e no que se refere às lagartas, gostaria de acrescentar a informação curiosa de que geralmente apenas o macho da espécie chega à fase adulta, quando então ganha asas. Poder-se-ia imaginar, a partir dessa informação, que o "negro Ireneo", o feroz Ireneo que será acusado mais tarde de cometer um estupro, também ganhará asas, em outro momento do romance, alçando voo como uma mariposa, ao contrário da larva que ele despiu, e que poderia ser tanto uma fêmea quanto um macho, a fim de sacrificá-la à voracidade das formigas.

Pergunto-me se seria possível afirmar peremptoriamente sobre o lado com o qual Ireneo se identifica, ou simpatiza, nessa batalha entre insetos; em todo caso, é evidente, pelo seu infantilismo à maneira de Gombrowicz (que é o mesmo impulso que parece levá-lo a todas as outras "inferioridades", sociais e espirituais), que ele está tomando o partido das formigas, e caso também tenha alguma afinidade com as larvas, parece lógico supor que certamente não é com a fêmea da espécie, e sim com o macho, que já amadureceu e voou dali, do salgueiro próximo do formigueiro, não podendo ser facilmente capturado... Também gostaria de indagar, ao mesmo tempo, se não teria havido uma identificação do Visconde de Taunay com a larva da formiga-leão, e apenas com ela, embora ele às vezes manifeste, como veremos, grande simpatia pelas suas diferentes presas, as quais raramente escapam vivas da armadilha, como as incautas e indefesas formigas do Coxim não nos deixam esquecer... Obviamente, a formiga-leão suga completamente a linfa das suas vítimas, e, nesse caso, ela talvez deixe de ser um possível espelho para o segundo-tenente: a sua feroz luta pela vida não é de forma alguma a mesma de um soldado do Exército Brasileiro na Guerra do Paraguai, o qual se propõe apenas a combater o inimigo que nos declarou guerra e invadiu o nosso território.

A cena descrita por Cortázar está em relação de simetria inversa com a cena descrita pelo Visconde de Taunay. Na primeira, a larva é a vítima; na segunda, ela é a predadora. A larva indefesa começou a se contorcer grotescamente no chão, pois as primeiras formigas já apalpavam o seu corpo, para, só depois, finalmente reunidas em grupo, arrastá-la para o formigueiro. Ora, esse impotente bicho-de-cesto, debatendo-se em vão sob as pinças das formigas enraivecidas, não se parece em nada com a larva predadora encontrada pelo Visconde de Taunay na região do Coxim.

O termo "formiga-leão", como se sabe, tanto pode se referir aos membros da família *Myrmeleontidae* (mirmeleontídeo) quanto, num sentido mais restrito, apenas à forma larval desses insetos, como acontece com o termo "bicho-de-cesto", que nomeia a lagarta e não a mariposa final. Enquanto a lagarta uruguaia é atacada pelas formigas, que tentam puxá-la para dentro do formigueiro, a larva do Coxim, pelo contrário, é quem se apossa vorazmente de formigas e outros insetos que vão caindo no fundo de seu cone invertido, escavado na areia por ela mesma e em cujo vértice se encontra a sua cabeça.

Eis a larva da formiga-leão, pesadona de corpo, em plena atividade nas areias do Coxim, a criar uma armadilha impecável durante a Guerra do Paraguai:

> Nesse intuito, traça no solo areento e fofo uma circunferência de quase meio palmo de diâmetro, curva fechada que descreve, com o maior rigorismo geométrico, de diante para trás, isto é, recuando sempre, desde o ponto de partida até voltar a ele.
>
> Em seguida, põe-se a cavar de dentro da linha para o centro, atirando fora, por um movimento súbito e balístico da cabeça articulada, a terra sacada metódica e progressivamente no seguimento de linhas que, a princípio, parecem ao observador circulozinhos concêntricos, mas, melhor examinadas, são voltas de uma espiral cada vez mais apertada para o centro.
>
> E assim aprofunda rapidamente um funilzinho, desde logo feito com tal arte e jeito, que qualquer objeto miúdo que caia nas bordas, rola prestes para o fundo.
>
> Findo esse cone invertido e hiante, trata de alisar zelosamente as beiras, destruindo as mais ligeiras asperezas, e, com o entulho saído da abertura, forma vistoso e bem-socado terrapleno, como que a convidar despreocupados e amenos passeios; depois, agacha-se embaixo e, pacientemente, espera a presa que o acaso puser à sua disposição.
>
> A máquina está montada; só faltam as vítimas!
>
> Venham, então, formigas e outros insetozinhos caminhando despreocupados e alheios ao perigo que os espreita, e impreterivelmente se despenham pelos inopinados e pérfidos declives, sendo incontinenti apreendidos com verdadeira ferocidade e trucidados sem demora pelo astuto vencedor, que lhes suga a linfa vital (TAUNAY, 2005b, pp. 201-2; ver Anexo A).

Essa armadilha é impecável por motivos óbvios, todos devidamente elencados pelo jovem Taunay, que parece apreendê-la exclusivamente com os olhos do engenheiro militar: após reconhecer que a armadilha é engenhosa e bem-concebida (ele recorre ao discurso hiperbólico, daí a absoluta certeza do que afirma: "a mais engenhosa e bem-sucedida das armadilhas"), destaca o seu caráter "científico", pois foi feita com "o maior rigorismo geométrico". Em outras palavras, podemos concluir que o engenheiro militar tem agora diante dos olhos, após quarenta minutos observando o trabalho do inseto, conforme ele cronometrou e anotou em outra passagem das *Memórias*, uma construção impressionante, cujas etapas, desde a primeira circunferência traçada no chão até a limpeza final do funil cônico, foram executadas diante dele com rigor, arte e jeito, mas isso não foi tudo — a larva também aplainou diligentemente o terreno em volta da boca da armadilha, a fim de facilitar a aproximação das vítimas, as quais, ignorando o perigo que as espreita, passearão por essa praça sem receio e eventualmente cairão no poço.

Poder-se-ia afirmar que, nesse ponto da sua narração, o memorialista se identifica mais com essa poderosa e minúscula "máquina de guerra" (expressão que aparecerá efetivamente na sequência do texto) do que com a larva que cavou o poço no chão. A larva, apesar das suas deficiências físicas, é uma excelente engenheira, mas o jovem Taunay parece destacar, em primeiro lugar, a perfeição da armadilha pronta, que corresponde, como ele deixa entrever, à sua própria eficácia prática. De um lado, máquina; do outro, as vítimas. Contudo, não se pode separar a larva da sua "máquina de guerra", pois ela permanece enterrada no fundo do poço e apenas as suas mandíbulas se projetam acima da superfície. Ou seja, a formiga-leão quase não se distingue da sua armadilha, pois esta é a sua casa. Ela não arrasta as formigas para ali, mas pacientemente espera que elas caiam "espontaneamente" no seu poço...

Às vezes, contudo, a larva dava um passeio, apesar da sua dificuldade de locomoção: "Reparei igualmente que, nas horas de maior calor, quando o terrível sol daquela região batia de chapa, os embiocados desertavam o posto de ataque e, com a celeridade que lhes era possível, iam abrigar-se à sombra das ervinhas em cima, já para não ficarem torrados, já para dispensar inútil tocaia" (Taunay, 2005b, p. 203; ver Anexo A).

Que o memorialista admira a arte bélica da larva (e unicamente isso) é inquestionável, demonstram-no as palavras extremamente positivas que utiliza para descrever e avaliar a sua armadilha. Mas será que podemos, a partir desse elogio que ele fez à armadilha, concluir que o engenheiro militar se identificou (trata-se de uma experiência cortazariana, como já veremos) com a formiga-leão, enquanto observava encantado a máquina de guerra em operação, a ponto de chegar a ver na larva um emblema ou paradigma do soldado que ele próprio desejaria ser, caso ainda viesse a combater com o inimigo paraguaio?

Mas no que consiste, num caso como esse, identificar-se com um inseto, uma larva? (O modelo cortazariano de identificação, oriundo da literatura fantástica, será dado no próximo parágrafo.) O fato de a larva sugar a linfa de suas vítimas, como já comentei, certamente embaça o espelho que estou pressupondo aqui, e a relação entre o soldado e a formiga-leão já não poderá ser de plena identificação: o soldado, mesmo apreciando a arma de guerra da larva, não se verá a si mesmo, talvez, integralmente no inseto, mas se distanciará um pouco, ou muito, dele. Se fosse o caso também considerar o ponto de vista do animal, eu recorreria, apenas para sugerir essa outra possibilidade de leitura, à etnografia amazônica, da qual provêm as "inversões perspectivas" estudadas pelo antropólogo Eduardo Viveiros de Castro. Talvez se pudesse aventar a hipótese, levando longe esse exercício de imaginação, de que a formiga-leão do Coxim não pôde se identificar com o engenheiro militar Taunay. Cito Viveiros de Castro: "Eles [os animais] se aprendem como, ou se tornam, antropomorfos quando estão em suas próprias casas ou aldeias, e experimentam seus próprios hábitos e características sob a espécie da cultura". E então conclui: "Em suma, os animais são gente, ou se veem como pessoas" (Viveiros de Castro, 2002, pp. 350-1), enquanto os humanos se tornariam, ou seriam, a seus olhos, animais. Essa leitura lúdica (não ousaria chamá-la de xamânica) nos levaria a concluir que o jovem Taunay representou talvez uma séria ameaça à formiga-leão, pois, se pisasse na sua armadilha, não seria uma presa tão fácil de dominar quanto as formigas...

Num conto de Cortázar intitulado "Axolotle", que integra o volume *Final de jogo*, de 1956, temos um hipotético caso de total identificação de um ser humano com uma larva. Depois de admirar essas formas larvais, os axolotles, num aquário de Paris, o narrador se dá conta, numa de suas visitas (ele estava obcecado por suas carinhas rosadas astecas), de que está sendo devorado lentamente pelos olhos que o espreitam do outro lado do vidro, instituindo-se, como ele afirma, um inusitado e poético "canibalismo de ouro", pois são dourados os olhos que agora o sugam para dentro da água, ao mesmo tempo que lhe revelam outra maneira de ver, em suma, uma vida diferente. Num determinado momento, ele afirma (considero necessário citar a frase em espanhol, que é a língua nativa das larvas mexicanas, as quais provavelmente são bilíngues, falantes também do náuatle): "*Yo era un axolotl y sabía ahora instantáneamente que ninguna comprensión era posible*" (CORTÁZAR, 2006, p. 191), ou seja, o narrador se dá conta, por um lado, de que ele não pode compreender uma larva, mas que é capaz, por outro, de se transformar numa e afirmar: "*Ahora soy un axolotl*" (CORTÁZAR, 2006, p. 198).

Talvez o jovem engenheiro militar tenha almejado dispor, refestelado nas areias do Coxim à espera de um inimigo que poderia estar mais bem armado do que ele, e mais bem alimentado também, de uma arma de guerra tão potente quanto a da larva, cuja eficácia ele já comprovara com os próprios olhos. Poderia então ter vagamente afirmado para si mesmo: "Agora preciso de uma máquina de guerra igual a essa!".

Voltarei ao tema logo mais, porém agora me permito acrescentar à descrição da máquina de guerra um pequeno reparo que escritor fez, o qual contribui para torná-la, aos olhos de todos, ainda mais admirável e traiçoeira: "Não duvido nada que essas larvas untem as bordas e paredes do funil com algum líquido visguento, secretado de propósito para tornarem a superfície mais escorregadia e lisa, e assim impedirem paradas, que não só obrigam a contínuas e laboriosas reparações, como dão à presa tempo de voltar a si da cruel surpresa e preparar-se para heroica defesa" (TAUNAY, 2005, p. 203; ver Anexo A).

***

"*Eram larvas, pero larva quiere decir máscara y también fantasma*", observa o narrador de "Axolotl" (CORTÁZAR, 2006, p. 196). Nesse sentido,[4] poderíamos aventar aqui a hipótese de que a formiga-leão, uma larva, seria como que uma máscara expressiva, a máscara do soldado, a qual o engenheiro militar poderia tentar pôr em si mesmo, experimentar na própria face... Mas, como mostrarei mais à frente, a formiga-leão é também uma máscara assustadora, a máscara do salteador, e o jovem tenente a recusará como paradigma, nessa acepção, ao sentir-se preso numa cilada moral, que o obrigará a pronunciar-se finalmente sobre o destino das vítimas da larva, e também sobre o seu próprio prazer (afinal, observar a larva era um passatempo do qual não abria mão), ao contemplar "cenas de perfídia e morticínio".

É claro que a larva da formiga-leão também poderia ser — e ao afirmar isso estou me remetendo outra vez a Gombrowicz — a máscara de uma criança algo perversa que os jovens, quando não querem crescer, preferem usar, brincando eles também de predador, aquele que suga a linfa vital dos pequenos insetos, destruindo-os, tal como ocorre no romance do escritor polonês que citei anteriormente. Mas, e o axolotle, essa larva que já atraiu a atenção de Cortázar, o que mais poderemos afirmar dela?

O escritor italiano Primo Levi faz a respeito do axolotle, que é uma espécie de Peter Pan asteca, para usarmos um adjetivo empregado por Cortázar no seu conto sobre essa larva, um comentário que me parece no mínimo curioso, num texto de ficção intitulado "A borboleta angélica", que integra o seu livro *Storie naturali*, lançado em 1966. (No Brasil, os contos desse livro, ao lado de outros do au-

---

[4] Giorgio Agamben alude, ao falar do não-homem, daquele que ninguém quis ver (o judeu "não vivo" ou quase cadáver dos campos de concentração nazistas), que de repente ressurge do passado como uma larva insepulta, um fantasma: "Ele é realmente a larva que a nossa memória não consegue sepultar, de quem não nos podemos despedir e diante do qual somos obrigados a prestar contas" (AGAMBEN, 2008, p. 87).

tor, foram publicados em 2005, no volume *71 contos de Primo Levi*.)
Eis o que lemos, num diálogo entre nove homens de profissões e
nacionalidades distintas, civis e militares, sentados numa cervejaria
berlinense, num cenário devastado pela guerra, cheio de pilhas de
escombros e crateras de bombas, após a derrota da Alemanha:

> É o seguinte. Em certos lagos do México vive um animalzinho de nome
> impronunciável, meio parecido com uma salamandra. Vive tranquilo há
> não sei quantos milhões de anos, como se nada fosse, e no entanto é
> o agente responsável por uma espécie de escândalo biológico, porque se
> reproduz em estado larvar. Ora, de acordo com o que me explicaram, isso
> é fato gravíssimo, uma heresia intolerável, um golpe baixo da natureza
> contra os seus estudiosos e legisladores. Em suma, é como se uma lagarta,
> uma fêmea, copulasse com outra lagarta, fosse fecundada e depositasse
> seus ovos antes de se tornar borboleta. E dos ovos naturalmente nascessem
> outras lagartas. Então para que serve transformar-se em borboleta? Para
> que se tornar um "inseto perfeito"? Seria perfeitamente dispensável.
>
> De fato, o axolotle pode prescindir disso (esse é o nome do monstri-
> nho, me esqueci de mencionar). Quase sempre pode prescindir: somente
> um em cada cem ou mil, talvez um exemplar mais longevo, se transforma
> num animal diverso tempos depois de se ter reproduzido. Não faça essas
> caretas, Smirnov, ou então fale você. Cada um se exprime como pode e
> como sabe.
>
> Fez uma pausa. "Neotenia: é assim que se chama esse imbróglio,
> quando um animal se reproduz em estado de larva" (Levi, 2005, p. 57).

O axolotle é o paradigma do animal imperfeito, daquele que
não progride além do seu "estado de transição". Voltarei a esse
tema daqui a pouco, quando tratar dos conceitos de tipo e de
antitipo, a partir da leitura que dois filósofos franceses fizeram
do "mito nazista". Veremos então que a larva, enquanto máscara
infantil (é o retrato daquele que não terá vida adulta), será lida,
na verdade, como a máscara da monstruosidade e não da eterna
imaturidade, alterando completamente, como se percebe, a minha
leitura à maneira de Grombrowicz do fenômeno do estágio larvar,
proposta atrás...

***

O Visconde de Taunay não faz referência, nas passagens já cita-
das, a nenhuma interferência humana deliberada na construção da

máquina ou na captura das presas. Ele apenas assiste, sem interferir, ao "aturado afã" (expressão sua) do inseto, na sua luta pela vida. Algo bem diferente ditou o destino do bicho-de-cesto, conforme vimos, que foi retirado deliberadamente do seu casulo pela mão de um menino ou adolescente, à hora da sesta, quando os outros seres humanos que poderiam testemunhar esse ato dormiam, e a seguir colocado, nu e contorcendo-se, junto a um formigueiro. A "brincadeira" consistia, como sabemos, não apenas em entregar de mão beijada uma indefesa larva às formigas, por assim dizer, mas também em escolher uma vítima maior do que a entrada do formigueiro, para testar a inteligência das formigas, que Ireneo considerava "estúpidas", pois não percebiam que a lagarta não passaria pela estreita abertura e então a puxavam por todos os lados. É claro que isso aumentava o sofrimento da larva, que se contorcia ainda mais, pois, segundo a percepção de Ireneo, "devia ser horrível o que sentia, com as patas e as pinças das formigas sobre todo o seu corpo" (CORTÁZAR, 2012, p. 550). Ele então acompanhava atentamente o ápice do espetáculo (ou da parte visível deste), que era o momento em que a cabeça da lagarta finalmente era enfiada no poço do formigueiro, enquanto, vindo do fundo dele, outras formigas (invisíveis para quem estava do lado de fora) ajudavam a puxar o pobre inseto para dentro.

Ireneo não estava, porém, inteiramente satisfeito, pois uma parte crucial do espetáculo lhe era interdita e se passava fora de seu campo de visão. É que ele "gostaria de poder estar dentro do formigueiro para ver como as formigas puxavam pela lagarta, metendo-lhe as pinças nos olhos e na boca e puxando com todas as suas forças até enfiá-la inteiramente, até levá-la para as profundezas e matá-la e comê-la" (CORTÁZAR, 2012, p. 551). Ele expressa claramente o desejo de poder estar dentro do formigueiro, junto com as formigas, para assistir à morte da larva e participar do festim que se seguiria, talvez até afirmando: "Sou agora uma formiga negra". Essa é a cena culminante pela qual ele anseia, mas ela é inacessível a ele enquanto ser humano. Foi ele quem deu a presa aos insetos negros e, aparentemente, embora considere as formigas estúpidas até certo ponto, sabe também que elas são muitas e que conseguirão afinal arrastar a sua vítima para dentro do formigueiro, vencendo lá dentro a batalha contra a grande lagarta, que se recusava, num primeiro momento, a passar pela boca do poço.

Não é com a larva, portanto, que Ireneo simpatiza, mas com os inumeráveis insetos, supostamente estúpidos, cujas pinças e cuja obstinação, e até raiva, ele parece apreciar. As formigas estão, convém observar, tanto fora quanto dentro do formigueiro, e a caçada a que elas se entregam pode ocorrer, portanto, em qualquer lugar do pasto e até mesmo bem longe do formigueiro. Talvez, por isso, não tenhamos, no capítulo citado, nenhuma palavra de Ireneo elogiando o formigueiro enquanto construção, nem sequer uma sumária descrição deste, exceto a observação sobre o tamanho da sua abertura.

Sobre esse ponto, o engenheiro militar se diferencia dele, pois o que ele admira é a construção em si da armadilha, que é, como já comentei, indistinguível do inseto que se enterrou no fundo dela. O herói da guerra entre os insetos, nas *Memórias* do Visconde de Taunay, é uma larva-máquina solitária; na guerra de *O jogo da amarelinha*, é a colônia das formigas negras, as quais mereceram este elogio de Ireneo: elas trabalhavam furiosamente, enquanto a larva hibernava no seu casulo, como as pessoas que, àquela hora da tarde, em suas casas, faziam a sesta. O fato é que o negro Ireneo despertou a larva e a encaminhou à perdição "pelo prazer do entretenimento" (a expressão é do Visconde de Taunay, que a usou quando se referia, nas *Memórias*, ao ato de contemplar "cenas de perfídia e morticínio" entre insetos), enquanto todos aparentemente dormiam.

A formiga-leão, assim como a formiga negra de Cortázar, é uma criatura feroz e implacável, quando considerada no seu mundinho, que é, evidentemente, quase nada se comparado com os vastos sertões percorridos pelo segundo-tenente Taunay, onde há grandes animais, alguns até antediluvianos, como ele próprio afirmou. Vejamos o que mais o Visconde de Taunay tem a nos informar sobre larva e sobre as suas vítimas ou presas, que são muitas, a julgar pelo que sabemos sobre o seu apetite voraz:

Terminado o triunfal festim, o *formica leo*, segurando o mísero cadáver com as mandíbulas, o sacode fora, ou, quando pesado demais, o arrasta para longe, subindo e descendo a recuanços, e procedendo sem detença à reparação dos estragos produzidos pelas peripécias da queda e da luta.

Às vezes — e não raro assim sucede — a preiazinha não é de pronto precipitada ao fundo e consegue agarrar-se à parede, em situação mais ou menos distante do ávido algoz; este, então, com muita destreza e boa pontaria, lhe atira grãozinhos de areia, que apressam, para um, o desenlace da catástrofe e, para outro, a posse da apetecida caça.

Rápido e certo é, em geral, o triunfo do encapotado salteador, até com insetos de muito maior vulto, gafanhotozinhos e grilos, que ficam atarantados com o tombo e a violenta agressão; mas também acontece que coleópteros (cascudos[5]), vindo abaixo, ao rastejarem por aí, dão a morte ao *formica leo*, o estrangulam e rapidamente se safam daquele abismozinho, que lhes ia sendo fatal (Taunay, 2005b, p. 202, grifo do autor; ver Anexo A).

O que o memorialista descreve nesses três breves parágrafos altera a imagem da larva, pois, no último deles, a formiga-leão é qualificada, de maneira negativa, como "encapotado salteador", e toda a sua atuação passa a ser agora equiparada à de um bandido ou assaltante disfarçado (que não devora evidentemente as suas vítimas, mas, quando as assassina e/ou se apossa dos seus bens, o faz num sentido metafórico, sugando-lhes a linfa, ou parte dela). Além disso, a formiga-leão que, nos parágrafos anteriores, associei unicamente ao soldado, pois dispunha de uma máquina de guerra perfeita, acaba expondo, nos parágrafos recém-citados, o seu lado vulnerável, na medida em que, às vezes, as suas vítimas conseguem reagir a tempo e chegam a estrangulá-la, livrando-se do "abismozinho". O termo "abismozinho", nesse contexto, acentua o caráter perverso da armadilha, e até a sua dimensão demoníaca, insinuando-se na descrição um julgamento moral da larva por meio da avaliação dos atributos técnicos da armadilha que ela confeccionou. Já lá atrás, quando o escritor contava que as vítimas da formiga-leão "se despenham pelos inopinados e pérfidos declives" da máquina, foi-se esboçando uma certa visão negativa da larva, a qual, agora, explicitada, a distanciaria do soldado, enquanto defensor e até o salvador da pátria, porém a aproximaria, em troca, como

---

[5] Em itálico, na edição original.

acabamos de verificar, do ladrão ou bandido, o qual a formiga-leão parece, afinal, encarnar.

Mas o que é um soldado? O Visconde de Taunay em momento algum se refere, ao descrever a ação da formiga-leão, a nenhum defensor ou salvador da pátria. Deixou explícito, porém, que a formiga-leão, embora possuísse uma máquina de guerra, era antes de tudo, na sua avaliação final, apenas uma salteadora. De fato, a partir desse julgamento negativo, não se poderá mais, aparentemente, supor que a larva seja apenas, ou sobretudo, um tipo de soldado, que é alguém, no contexto de uma guerra, incumbido de executar uma ação bélica de extrema relevância para manter a integridade do território nacional, tarefa da qual a coluna expedicionária estava, aliás, incumbida, conforme já tive a ocasião de comentar.

A despeito disso, se considerarmos agora não só a Guerra do Paraguai, mas também outras guerras, como as duas Guerras Mundiais, não poderíamos legitimamente concluir que um soldado também poderá comportar-se tão ferozmente quanto o salteador mais cruel, a ponto de tratar o inimigo com o mesmo potencial de violência deste? Como definir, por exemplo, o soldado nazista, um modelo extremo que o século anterior engendrou?

Certos atributos da larva, como a de ter boa pontaria e de ser capaz de lançar grãozinhos de areia nas suas presas, a fim de apressar o "desenlace da catástrofe", são compartilhados tanto pelo bandido quanto pelo soldado, em qualquer época, seja o século XX ou o século XIX, pelo menos se levarmos em conta que o objetivo de ambos é acertar o alvo (o inimigo e a vítima), em suas respectivas atuações guerreiras, encaradas estas num sentido lato.

**

Uma palavra empregada pelo Visconde de Taunay, em especial, chama a atenção: é a palavra "catástrofe". E ela se torna ainda mais significativa se pensarmos que, pouco antes de empregá-la, o escritor revelou que os "míseros cadáveres" das presas da formiga-leão são, concluído o festim, lançados para longe, de modo que, na armadilha reconstituída, não restará mais nenhum traço da batalha ali travada. Os declives da máquina novamente se tornarão novos!

Essa noção de uma catástrofe que não deixa restos ou traços é extremamente moderna e merece uma reflexão, ainda que breve. A ação da larva da formiga-leão, de fato, poderia ser aproximada à de um soldado moderno, a ponto de poder ser considerada paradigmática, à luz da Segunda Guerra Mundial e da ideologia nazista, em particular. Por outro lado, para esse mesmo soldado moderno, o outro, a vítima, era (tratarei disso a seguir) apenas um verme, ou larva (fantasma), o que torna muito ambíguo o uso dessa palavra, se considerarmos em conjunto os dois contextos, o da Guerra do Paraguai e o da Segunda Guerra Mundial.

Com essa observação não pretendo de forma alguma sugerir que o texto do Visconde de Taunay, que aparentemente narra a eliminação total, implicando tanto a morte da presa quanto o desparecimento do seu cadáver, possa ser lido hoje como uma expressão antecipatória, se bem que atenuada, ou em miniatura, de uma prática nefasta em larga escala (em escala industrial) que só veio a ser efetivamente possível no século seguinte, durante a Segunda Guerra Mundial, com a incineração dos corpos daqueles que foram mortos nas câmaras de gás.

Obviamente, é à *shoá* que estou me referindo, palavra que significa "devastação, catástrofe" e remete ao extermínio de judeus pelos nazistas na Segunda Guerra Mundial. Como Jean-Luc Nancy e Philippe Lacoue-Labarthe chamaram a atenção, o verme (também a larva?) foi devidamente evocado pela ideologia racista, e ele de alguma forma serviu para justificar a necessidade, enquanto metáfora do sub-homem, de se construírem, para "abrigá-lo", campos de concentração e campos de extermínio: "Sendo contraprova ou 'antitipo' do mito ariano, o Judeu é identificado a um verme ou a um vírus portador de infecção" (LACOUE-LABARTHE; NANCY, 2002, p. 65), o que, como resultado, não teve outra consequência política se não a de desencadear a operação, nunca vista antes, de sua exclusão e eliminação maciças. Não se tolerava mais, no seio dessa ditadura, a ausência de tipo, ou seja, o não tipo ariano, que era implacavelmente considerado defeituoso, degenerado. Pois a forma deste, enfatizaram os dois filósofos citados, era informe.

"Antes de ser o campo da morte", observou Giorgio Agamben ao tratar do mesmo tema, "Auschwitz é o lugar de um experimento ainda impensado, no qual, para além da vida e da morte, o judeu se transforma em muçulmano, e o homem em não homem" (AGAMBEN, 2008, p. 60), sendo o termo muçulmano (*der Muselmann*), nessa citação, um nome usado, por aqueles que estavam no campo de concentração, para se referir a um ser gravemente desnutrido e enfermo, logo indefinido (sem rosto e história, e até sem pensamento), ou, segundo outros autores, a um cadáver ambulante (morto-vivo e homem-múmia foram também termos empregados nos textos de testemunho), ou ainda, para repetir uma palavra que já usei acima, ao informe, o qual, visto de longe, poderia se confundir com um árabe em oração, embora essa não fosse a única explicação para a origem desse termo do jargão do campo. Agamben lembra ainda que, no estudo que Z. Ryn e S. Klodzinski dedicaram ao muçulmano, até hoje a única monografia sobre o tema, segundo o filósofo italiano, vem à tona o termo "larva", para referir-se a quem está no limite entre a vida e a morte, e atingiu, parece, o grau máximo de degeneração e de transparência, tornando-se um fantasma que já não é notado por ninguém.

Num sentido pejorativo, portanto, a larva é o bandido; num sentido positivo, o soldado. No entanto, poderá também existir o soldado bandido, ou o bandido soldado, e a história talvez não nos deixará esquecer disso. Dependendo do contexto, a larva poderá ser uma coisa ou outra; e ela ora será devorada pelas formigas, como no romance de Cortázar, ora devorará as formigas, como nas *Memórias* do Visconde de Taunay.

Acima de tudo, na Segunda Guerra Mundial, a larva é, além de soldado bandido, também o muçulmano, de acordo com Agamben: o cadáver ambulante dos campos de extermínio, um fantasma em quem já ninguém presta a mínima atenção.

Em outras palavras, a larva, quer esta seja considerada tipo (o predador, o soldado bandido ou o bandido soldado), quer "antitipo" (a vítima, o fantasma), é figura relevante para se pensar a história moderna, fato que estou justamente tentando destacar aqui, ao comparar episódios de guerras ocorridas nos dois últimos séculos e nos quais, de alguma forma ela, a larva, atuou...

***

Um axolotle, esse escândalo biológico, tal como foi descrito por Primo Levi, um sobrevivente de Auschwitz, autor de clássicos da literatura de testemunho, como *É isto um homem?*, de 1947, *A trégua*, de 1963, e *Os afogados e os sobreviventes*, de 1986, não seria também, por tudo o que já sabemos dele, um tipo raro e defeituoso, como o não tipo ariano, no contexto da mitologia nazista? Como um nazista agiria perante um axolotle?

Os axolotles, assim como outras larvas, entre elas o bicho-de--cesto, poderiam, em certas circunstâncias, ter uma inesperada capacidade de desenvolvimento, ultrapassando talvez o estágio de "antitipo" e atingindo, finalmente, o estágio de maturidade, que eles no entanto parecem evitar, tanto quanto os personagens saídos da imaginação de Gombrowicz. A imaturidade dos axolotles, porém, parece-me ser mais radical do que aquela descrita pelo romancista polonês. Foi um tema tratado por Primo Levi na sua obra de ficção:

> O jantar havia terminado, e chegara a hora de fumar cachimbo. Os noves homens se transferiram para o terraço, e o francês disse: "Compreendo, tudo é muito interessante, mas não vejo a relação que...".
>
> "Chegaremos lá. Falta ainda dizer que, há algumas décadas, parece que eles (e acenou na direção de Smirnov) conseguem manipular esses fenômenos, controlá-los em certa medida. Que, injetando nos axolotles extratos hormonais..."
>
> "Extrato tireoideo", especificou Smirnov, de má vontade.
>
> "Obrigado. Com esse extrato tereoidico a mutação sempre ocorreria.[6] Isto é, ocorreria antes da morte do animal. Isso é o que Leeb [um cientista ligado ao nacional-socialismo] tinha em mente. Noutros termos: que essa condição não seria tão excepcional quanto parece, que outros animais — talvez muitos, quem sabe o próprio homem — talvez tenham alguma reserva, uma potencialidade, uma ulterior capacidade de desenvolvimento. Que, longe de qualquer suspeita, talvez estejam em estado de rascunho, de borrão, podendo transformar-se em 'outros' — e não o

---

[6] Num outro conto de Primo Levi, "Rumo ao Ocidente", originalmente publicado no livro *Vício de forma*, de 1971, o biólogo Walter descobre o hormônio capaz de inverter o movimento voluntário para a morte — trata-se, como se vê, do elixir da vida...

fazem somente porque a morte intervém antes. Enfim, que nós também seríamos neotênicos" (LEVI, 2005, p. 57).

Ironicamente, sabemos que, na Segunda Guerra Mundial, os chamados sub-homens foram enviados às câmaras de gás e tiveram, por conta disso, a morte antecipada; não se tentou, naquele momento, nenhuma experiência revolucionária, como a que descreve Primo Levi no seu conto grotesco, para tentar transformá-los em "outros" e permitir-lhes talvez passar, não sabemos a que preço, de "antitipo" a tipo, segundo o ideal ariano, como certamente previra o doutor Leeb, o cientista nazista que desejava desenvolver os esboços, fazendo-os avançar além do estado de "borrão" e de "rascunho".

Segundo o conto em questão, os "monstrinhos" mexicanos poderiam ascender, finalmente, graças a certas manipulações, a "animais perfeitos", o que, no estado natural, eles se recusavam obstinadamente a ser... O laboratório do cientista em Berlim foi, no entanto, bombardeado, e depois disso Leeb desapareceu para sempre. Contudo, não teria cometido suicídio, "porque homens como ele só desistem diante do fracasso, e ele ao contrário — [...] —, teve o seu sucesso. Creio que, procurando bem, ele seria encontrado, talvez nem esteja longe daqui; creio que ainda ouviremos falar do professor Leeb" (LEVI, 2005, p. 60), proclama-se no conto.

Será que teremos algum dia, no futuro, "animais perfeitos", como o conto nos deixa entrever?

***

Sim, eles talvez até já existam, pelo menos Primo Levi nos deu notícias de insetos perfeitos, por incrível que pareça, numa chácara que o sr. Simpson adquiriu na Itália, ao final da guerra. O sr. Simpson, um representante de uma empresa norte-americana de alta tecnologia, atua em cinco narrativas breves de Primo Levi, e uma das suas proezas foi fazer um experimento com a formiga--leão, tema do conto "Pleno emprego", também do livro *Histórias naturais*, já citado. Segundo o tradutor e ensaísta Maurício Santana Dias, professor de literatura na USP, nessa história, que funde ficção científica e etologia, o autor italiano exporia de forma burlesca "a marcha desarmônica e grotesca do capitalismo, os riscos de uma sociedade submetida a uma tecnologia que lhe fugiu ao controle — as formigas, por definição, não sabem o que fazem — e, em última instância, a extinção simbólica do homem" (DIAS, 2005, p. 18).

Dois casais estão sentados à beira de uma lagoa, no jardim da casa onde se passa o conto, quando o sr. Simpson, o anfitrião, saca do bolso uma pequena flauta e toca três notas. É então que surgem no ar os insetos perfeitos:

> Ouviu-se um farfalhar de asas leve e seco, as águas da lagoa se encrespa-ram, e sobre nossas cabeças passou uma rápida nuvem de libélulas. "Dois minutos!", disse Simpson, e disparou um cronômetro de pulso; com um sorriso orgulhoso e meio envergonhado, a sra. Simpson entrou em casa, reapareceu com uma taça de cristal vazia e a colocou sobre a mesinha. Ao final do segundo minuto, as libélulas voltaram como uma minúscula onda de bombardeiros: deviam ser várias centenas. Equilibravam-se sobre nós em pleno voo, com um zumbido metálico, quase musical, então desceram uma a uma até a taça, reduziram a velocidade de voo, deixaram cair um mirtilo cada uma e desapareceram como um raio. Em poucos instantes a taça estava cheia: todos os mirtilos estavam ali dentro, e ainda conservavam o frescor do orvalho (LEVI, 2005, p. 129).

O sr. Simpson depois explica, para o perplexo casal sentado à mesa (o narrador do conto e a sua esposa), que as obedientes e prestativas libélulas não são insetos condicionados: elas estariam agora a seu serviço, pois ele conseguira selar um acordo com elas, rompendo a parede de incompreensão que separa os homens dos insetos. Depois de aprender a falar com as abelhas utilizando a linguagem delas, que ele fala mal, mas compreende bem, o sr. Simpson começou também a se comunicar com as libélulas, ainda que as suas relações com elas sejam indiretas, como faz questão de modestamente frisar. Também conseguiu fazer um acordo com as formigas da chácara, servindo-se das abelhas como intérpretes, a fim de oferecer-lhes mantimentos, desde que não abrissem novos formigueiros e desmobilizassem os antigos, num raio de cinquenta metros em torno da chácara; teriam, porém, de fazer, durante duas horas diárias, os trabalhos de microlimpeza e de destruição das larvas nocivas, no jardim e na casa. E continua sua narração, mencionando a seguir a formiga-leão, que já conhecemos bem e que ele identifica imprecisamente com a larva da libélula (em italiano, "*libellula*"), embora os insetos alados adultos em questão, como já tive oportunidade de explicar, apenas se assemelham a libélulas, pois pertencem a classe totalmente diferente, como o Visconde de Taunay, aliás, o sabia perfeitamente. Voltando, porém, ao conto "Pleno emprego", citarei a seguir a parte referente à colônia de formigas-leão:

> As formigas aceitaram [os termos do acordo]; porém, pouco depois, sempre por meio das abelhas, elas se queixaram de uma colônia de formigas-leão que infestavam uma faixa arenosa nas margens do bosque. Simpson me confessou que naquela época nem sabia que as formigas-leão eram as larvas das libélulas; e assim ele foi ao lugar e assistiu, horrorizado, às suas práticas sanguinárias. A areia estava constelada de pequenas lagartas cônicas; eis que uma formiga se aventurou pelo terreno e logo se precipitou na areia instável. Do fundo surgiu um par de mandíbulas ferozes e curvas, e Simpson teve de reconhecer que o protesto das formigas era legítimo. Disse-me que se sentiu orgulhoso e confuso com o julgamento que lhe fora solicitado: de sua decisão dependeria o bom nome de todo o gênero humano (Levi, 2005, p. 132).

Nessa passagem, Primo Levi não parece separar a larva da sua armadilha, pois chama as formigas-leão de "pequenas lagartas cônicas", vendo o soldado e a máquina de guerra como uma coisa só, uma ideia que já expus atrás, ao comentar o texto do Visconde de Taunay sobre essa mesma larva. O sr. Simpson então é solicitado pelas formigas a assistir com os próprios olhos às "práticas sanguinárias" da larva, e, assim, ele é depois levado a emitir publicamente um julgamento moral, do qual, pressente, dependeria "o bom nome de todo o gênero humano". Sabemos que também o Visconde de Taunay agiu de maneira análoga, no seu livro de memórias, mas, no caso do sr. Simpson, as libélulas protestaram e ele foi obrigado a reconsiderar o seu julgamento.

Voltemos, pois, ao conto de Primo Levi, citando mais uma passagem esclarecedora:

> Havia convocado uma pequena assembleia: "Foi em setembro, numa reunião memorável. Estavam presentes abelhas, formigas e libélulas — li-

bélulas adultas, que defendiam os direitos de suas larvas com muito rigor e civilidade. Fizeram-me notar que as larvas não podiam absolutamente ser consideradas responsáveis por seu regime alimentar; eram incapazes de locomoção, e por isso criavam armadilhas para as formigas: de outro modo, morreriam de fome. Então propus dar a elas uma ração diária e balanceada, igual à que dispensamos às galinhas. As libélulas solicitaram uma prova prática; as larvas demonstraram aprovação, e assim as libélulas se declararam prontas a trabalhar para que qualquer ameaça às formigas fosse suspensa. Foi nessa ocasião que lhes ofereci um extra para cada expedição no bosque dos mirtilos — mas eu só as solicito raramente. Estão entre os insetos mais inteligentes e robustos, confio muito neles (LEVI, 2005, pp. 132-3).

Assistimos aqui ao advento dos insetos domesticados (logo, "toleráveis"), que foram convencidos, por meio de um acordo de não agressão, a trabalhar para o sr. Simpson, limpando a sua chácara ou fazendo pequenos serviços, às vezes essenciais ao "equilíbrio biológico", em troca de "mantimentos". Tudo indica que o sr. Simpson, que num primeiro momento ficou sinceramente chocado com as práticas sanguinárias da larva, acabou tendo de concordar depois com o argumento dos insetos adultos (as falsas libélulas) de que as larvas não poderiam ser consideradas responsáveis pelo seu regime alimentar. Não há, como se verifica, um julgamento moral definitivo sobre as larvas, pois, nesse caso, prefere-se levar em conta o fato biológico de que elas só podem alimentar-se (e, portanto, sobreviver) fazendo "abismozinhos" para as formigas. É um fato, deve-se aceitá-lo: é a "vontade" da natureza.

Mas e os insetos adultos, as abelhas, as libélulas e as formigas? Seriam eles realmente os insetos perfeitos, a que me referi acima? A comunicação com os insetos, mesmo que muitas vezes ainda num nível rudimentar, parece anunciar, num futuro próximo, a possibilidade de trabalho industrial de alta tecnologia envolvendo sobretudo formigas, as mais fortes e hábeis. Três delas, conta o sr. Simpson, depois de mostrar aos seus convidados, dentro de uma pequena caixinha, um minúsculo resistor, são capazes de montar "um resistor em quatorze segundos, incluindo os tempos mortos, e trabalham vinte horas por dia" (LEVI, 2005, p. 134).

Essas formigas fortes e hábeis não são mais as formigas indomáveis mencionadas por Cortázar, que devoraram sofregamente a lagarta nua. As formigas dos bosques de pinho, mencionadas por Primo Levi, chamam a atenção por serem capazes de aprender "lições" e de transmiti-las depois às colegas, que se tornarão, por sua vez, tão especializadas quanto elas. Por isso mesmo, as formigas domesticadas, ao contrário das formigas selvagens, poderão vir a constituir-se rapidamente, é de se prever, em um exército bem treinado e disciplinado de operárias. Seriam elas realmente os insetos perfeitos, a que me referi acima? Não tenho a resposta. Em todo caso, os insetos da chácara do sr. Simpson conseguiram, ou foram induzidos, a transformar-se em "outros", deixando de ser, à primeira vista, "tipos defeituosos" para elevarem-se, digamos assim, a tipos úteis. De fato, o seu trabalho microscópico não só já se mostrou útil, como também começa a revelar-se economicamente rentável em escala industrial, sobretudo se puder ser explorado de acordo com a ideologia do capitalismo avançado, que poderá se servir de insetos disciplinados (não condicionados!) como mão de obra obediente e qualificada.

No entanto, os insetos perfeitos correm o risco de se tornar, pouco a pouco, cada vez mais... monstruosos, e, decerto, assim como os muçulmanos dos campos de concentração, poderão se transformar, para usar em outro contexto uma observação de Agamben, numa improvável e monstruosa máquina biológica, ou seja, os insetos perfeitos logo estarão reduzidos a "máquinas" que funcionam bem, mas apenas quando seus superiores lhe apertam os botões de comando, ou sopram uma flauta de pã.

Talvez, a natureza não seja mais o lugar desses insetos perfeitos... Nesse aspecto, o jardim europeu e paradisíaco do sr. Simpson não se parece mais em nada com o campo sonolento do negro Ireneo, no Uruguai, ou com o longínquo e inculto Coxim, na província de Mato Grosso, na época da Guerra do Paraguai, onde os insetos são apenas selvagens.

***

Voltando à nossa formiga-leão do século XIX, no Coxim, gostaria de relembrar que, se o Visconde de Taunay, por um lado, destacou, ao descrever a construção da armadilha da larva, a sua feição "científica", por outro, também destacou os limites físicos do inseto, explicando, pela sua dificuldade de locomoção, a necessidade que ele teria de recorrer à mais engenhosa e bem-concebida das máquinas de guerra. Também o sr. Simpson, depois de ouvir as falsas libélulas advogarem em favor das larvas, acusadas de sanguinárias, acabou, conforme vimos, isentando estas de qualquer responsabilidade pelo que fazem. Tudo se explicaria, caberia talvez acrescentar, pela vontade delas de viver, para empregar palavras caras a Arthur Schopenhauer. "Quando a vontade de viver se manifesta no mundo fenomenológico", comenta Gombrowicz, um leitor do filósofo alemão, "ela se divide em uma inumerável quantidade de coisas que se devoram mutuamente para viver. O lobo devora o gato e o gato, o rato etc." (Gombrowicz, 2011, p. 72).

A larva da formiga-leão é um "estado de transição", como aponta o Visconde de Taunay; logo, ela corresponde à noção de rascunho, mas, ao mesmo tempo, é um completo "monstrinho", quer pela sua ferocidade, quer pela capacidade de caçar formigas e outros insetos. Está destinada, felizmente, digamos assim, a se transformar, logo depois, em algo melhor, um inseto alado semelhante a uma libélula. Esta, por sua vez, segundo o relato de Primo Levi, ou segundo aquilo que destaquei do seu conto, estaria prestes a transformar-se novamente em perfeito "monstrinho", nos limites do seu jardim capitalista...

Ao observar a larva em ação, o Visconde de Taunay acabou criando para si próprio, conforme sabemos, uma cilada moral, a partir da qual ele se viu diante da obrigação ética de manifestar-se, dirigindo-se ao futuro leitor das *Memórias* sobre os paradigmas do guerreiro e do salteador. Além disso, também sentiu que precisava explicar claramente os seus próprios sentimentos, revelando o quanto, ou por que, se regozijou ou se emocionou com o que viu no fundo do abismozinho da larva. Já citei o parágrafo em que ele descreve a larva como "encapotado salteador". Vejamos como ele desenvolve essa avaliação negativa, do ponto de vista ético, nos parágrafos seguintes do seu texto:

> Sem exageração posso afirmar que passei acocorado ou sentado no chão, largos trechos do dia, acompanhando com viva atenção todas aquelas cenas de perfídia e morticínio, e esperando, com pachorra igual à do interessado, que alguma incauta criaturinha viesse figurar nesse incidente dramático, ainda que minúsculo, da natureza.
>
> E aí me acudia à lembrança certo episódio, não sei se real, se de romance lido outrora, de perverso assassino que, privado das pernas desde o nascedouro, atraía, por meio de bem-engendrada cilada, ao alcance dos pujantes braços, transeuntes e viajantes, e lhes torcia o gasnete, sem que pudessem bradar por socorro ou tentar a menor resistência, tais o pasmo e o horror que lhes tolhiam a voz e os membros!
>
> Também, dominado por aquela insistente recordação, jamais recorri para a obra desleal e destruidora dos *formica leo*, encaminhando, só pelo prazer do entretenimento, pobres bichinhos à perdição. Contemplava até um tanto emocionado os valentes esforços que faziam em tão dolorosas e terríveis contingências, e não raramente auxiliava inesperadas salvações (TAUNAY, 2005b, pp. 202-3, grifo do autor; ver Anexo A).

E na sequência ele confessa que também prejudicou, com pequenos atos de sabotagem, o funcionamento da máquina de guerra da larva:

> Às vezes eu me divertia em lhes agravar a canseira, fincando com alguma força um graveto ou uma pedrinha numa das rampas do funil; e então era de ver-se a diligência e a atividade que os animalejos desenvolviam para safarem das suas máquinas de guerra esses obstáculos e elementos de perturbação, cavando ao pé deles, até fazê-los cair e tratando de puxá-los para fora e atulhar e aplainar as soluções de continuidade. Que dar de cabeça frenético e repetido ao experimentarem se sacudiam longe o importuno seixinho! Após muitas tentativas baldadas e que deveras me faziam sorrir como entrecho cômico, resolviam-se ao expediente supremo, carregá-los às costas, mantendo-os, na marcha ascensional e sempre de recuo, em engraçado equilíbrio, por meio das patas dianteiras (TAUNAY, 2005b, p. 203; ver Anexo A).

Ele não diz, aí, a princípio, nada de novo, ao reforçar que assistiu com vivo interesse, na armadilha da formiga-leão, a cenas de perfídia e morticínio, enquadrando o inseto na categoria dos salteadores. Nesse sentido, o texto apenas reafirma a metáfora de que a larva em questão é o leão... das formigas. Convém lembrar que também

Primo Levi, por meio do sr. Simpson, abusou dessa imagem, mostrando-se, na ficção, tanto escandalizado quanto fascinado com a ferocidade leonina da formiga-leão. A novidade vem a seguir, quando o Visconde de Taunay abandona o microcosmo entomológico e passa a discorrer com base na classe dos malfeitores, comparando a larva a um perverso assassino, privado de pernas mas dotado de braços pujantes, com os quais, qual um polvo, estrangulava as suas vítimas. Talvez saído de um folhetim, esse monstro, sem nome nem nacionalidade, é citado porque, segundo o autor, assemelhar-se-ia à diminuta larva, no que se refere ao alto grau de perversidade. Se o referido malfeitor foi relembrado nessa passagem, o motivo talvez não fosse outro senão demonstrar que o Visconde de Taunay não se identificou, afinal de contas, com a formiga-leão, muito embora, no início, e em outras passagens do seu texto, ele tenha demonstrado grande admiração por ela, conforme o demonstra a leitura que propus anteriormente.

Ao contrário do negro Ireneo, o Visconde de Taunay faz questão de esclarecer que jamais encaminhou pobres bichinhos à perdição, contentando-se com a observação desinteressada daquele minúsculo incidente dramático envolvendo uma larva e as suas presas, geralmente formigas. O memorialista declara até ter-se emocionado com os esforços que as presas faziam para escapar das mandíbulas da feroz criatura oculta no fundo do abismozinho, "e não raramente auxiliava inesperadas salvações". Ao agir assim, o jovem Taunay acabou aplicando um tipo de punição à formiga-leão, demonstrando, no fecho do retrato que fez dela, que não simpatizava incondicionalmente com a sua obra desleal e destruidora, a qual quase sempre redundava na "posse da apetecida presa". Às vezes, ele deixou a larva voraz sem alimento, o que significa que pôs de alguma maneira a sua sobrevivência em perigo, embora ele não quisesse de modo algum exterminá-la, tal como fizeram com a minhoca os personagens do romance de Gombrowicz. Outra punição consistiu em "lhe agravar a canseira", fincando gravetos e pedrinhas numa das rampas do funil, apenas pelo prazer de vê-la depois se estafar na tarefa de eliminar esses objetos estranhos da sua máquina de guerra.

Curiosamente, nos primeiros parágrafos do capítulo seguinte da sua obra póstuma, o XXI, o memorialista reavalia as cenas de perfídia e morticínio que comentei anteriormente, vendo-as agora de uma perspectiva mais ampla que claramente se esforça para apreender (ou conceber) a harmonia do conjunto, do todo, e que já não estaria tão matizada pelos sentimentos contraditórios do jovem segundo--tenente acocorado ou sentando no chão, diante da máquina de guerra da formiga-leão. O homem maduro oferece então ao leitor, ao recordar a armadilha da larva, reflexões sobre a ordem natural, e não descreve apenas a atuação isolada de um inseto:

> Tudo está tão bem-combinado no vasto seio da natureza! Quanta coisa prevista e obviada na incessante e implacável *luta pela vida*! Quantos ardis para conseguir o pasto diário! Quanto estratagema para compensar a falta de certos recursos indispensáveis e atenuar inferioridade, demasiado sensíveis nos meios de ação e nas probabilidades da vitória e conquista!
>
> E esses ardis, esse estratagema param, não se aperfeiçoam, não se afirmam mais complexos e eficazes, uma vez alcançado mais ou menos o fim a que se destinam, embora com muitas eventualidades de pouco êxito nos resultados, tudo por justo equilíbrio a bem da vida de uns e outros.
>
> O instinto animal é uma força impulsiva, sem dúvida admirável, pois age nos inconscientes, como partícula de razão e raciocínio seguro do rumo que tem de seguir e do objetivo que colima, mas força adstrita a determinados limites, que não transpõe, nem pode transpor.
>
> Como é de prever, todos os *formica leo* traçam circunferências de igual diâmetro e procedem sempre de idêntico modo, operando com inflexibilidade mecânica. Sem alteração possível (TAUNAY, 2005b, p. 204, grifo do autor).

Não são reflexões interessantes (tudo o que ele postula, ao tentar compreender a criação como cosmos, ordem, é a garantia de um "justo equilíbrio" que permitiria a sobrevivência de todos, larvas e formigas), por isso elas pouco acrescentam às páginas precedentes, que são muito mais curiosas e eficazes, pelo menos como descrição e avaliação da armadilha da larva da formiga-leão, tendo como pano de fundo uma guerra que se revelará, a partir desse momento, bastante sangrenta, conforme sabemos.

Ainda no capítulo XXI das *Memórias*, o escritor, porém, após citar Darwin, vai se permitir especular sobre um possível aperfeiçoamento da formiga-leão, antecipando talvez algumas das intuições que o sr. Simpson só teria um século depois: "Quando é que do cruzamento dos tipos mais valentes e enérgicos do *formiga leo* surdirão por seleção produtos superiores que ainda mais perfeições incutam às suas combinações geométricas?" (TAUNAY, 2005b, p. 205, grifo do autor).

***

Se a larva decididamente não é o paradigma do soldado que o próprio Visconde de Taunay gostaria de ter sido, quem é então o soldado, para ele? A resposta a essa pergunta talvez não esteja explicitada em nenhum dos fragmentos das *Memórias* que ainda citarei; por conta disso, talvez eu devesse, daqui para a frente, deixar de lado a proposta de indagar, das páginas dedicadas à presença de animais na Guerra do Paraguai, acerca do papel que se pode atribuir ao guerreiro quando se toma como parâmetro o agir dos pequenos e dos grandes predadores com os quais o militar do Império do Brasil manteve contato, e a respeito dos quais também deixou um testemunho, o qual temos à mão.

Contudo, ainda podemos acompanhar os passos do jovem segundo-tenente entre a fauna mato-grossense, expandindo, assim, o capítulo anterior, porém sem buscar, como tentei fazer anteriormente, um possível animal que possa ser alçado a emblema do soldado ou do engenheiro militar. Porém, não é impossível que, num certo momento, o animal de grande porte possa vir a ser o emblema de alguma outra coisa muito maior do que o famélico soldado brasileiro à espera do inimigo paraguaio...

A partir do próximo capítulo, então, buscarei alargar o bestiário do Visconde de Taunay, destacando o contato do engenheiro militar, durante a Guerra do Paraguai, com outros animais da província de Mato Grosso, animais que igualmente o impressionaram e que, sendo de grande porte, não puderam ser observados tão de perto como ele o fez com a formiga-leão, a qual ele teria podido, se quisesse, esmagar com o calcanhar, como decerto fariam despreocupadamente os mais imaturos personagens do romance *Pornografia*, de Witold Gombrowicz.

A SUCURI

"O rio Aquidauana" é um texto de 26 páginas que abre o volume *Viagens de outr'ora*, obra póstuma do Visconde de Taunay, organizada pelo filho do escritor, Affonso D'E. Taunay[1] e publicada nos anos 1920.

Seguindo os passos do pai, Afonso (segundo a ortografia atual) também se interessou pela fauna brasileira, especialmente por aquela saída da imaginação e das obras dos primeiros visitantes e cronistas do Brasil (Gandavo, Fernão Cardim, Anchieta, Gabriel Soares, Hans Staden, Ulrico Schmidel, Cabeza de Vaca, João de Léry, Thévet etc.). Toda a informação que conseguiu recolher sobre monstros e seres prodigiosos foi reunida em dois volumes, *Zoologia fantástica do Brasil (séculos XVI e XVII)*, publicada originalmente em 1934 e reeditada pela Edusp em 1999, e *Monstros e monstrengos do Brasil: ensaio sobre a zoologia fantástica brasileira nos séculos XVII e XVIII*, publicada em 1937 e reeditada pela Companhia das Letras em 1998. "Cronistas e historiadores do Novo Mundo", afirma Afonso, "nos primeiros séculos, a cada momento revelam quanto se deixaram influenciar pela leitura ou reminiscências dos textos dos antigos autores dos bestiários medievais" (TAUNAY, 1999, p. 49), e relembra que os conquistadores buscaram na América, encarniçadamente, o cobiçado unicórnio, cujos chifres possuiriam, conforme se acreditava então, admiráveis propriedades.

Por isso mesmo, no primeiro dos seus dois livros sobre zoologia do Novo Mundo, ele começa falando dos bestiários antigos, repletos de uma fauna exótica e monstruosa (como, por exemplo, os cinocéfalos, de unhas imensas, que não falavam e sim ladravam, homens de um olho só frontal, claro e vermelho; ou os monocerontes, de tronco equino, pés elefantinos, cabeça de veado e

---

[1] Nasceu em Desterro (atual Florianópolis, Santa Catarina), em 1876, e, no ano seguinte, a sua família partiu para o Rio de Janeiro, onde o escritor cresceu. Faleceu em São Paulo, em 1958.

cauda porcina; ambos citados pelos autores da *Imago Mundi*[2]), para logo lembrar que, "muito reproduzidos na Idade Média, são obras de zoologia geralmente inspiradas nos autores gregos, embora cheios de enxertias mais recentes" (TAUNAY, 1999, p. 32). Entre os monstros e mostrengos dos bestiários, ele se lembra de citar as enormes serpentes, e certamente o seu pai, o Visconde de Taunay, também estava familiarizado com esse tipo de literatura quando redigiu, no final da vida, as suas *Memórias* e outros textos nos quais relembrou a expedição de Mato Grosso, descrevendo não apenas as batalhas de que participou, mas também a fauna e a flora que encontrou, e muito admirou, na fronteira com o Paraguai, durante a Guerra da Tríplice Aliança.

A sucuri, como veremos, surge no texto sobre o rio Aquidauana, do Visconde de Taunay, como uma serpente mítica, que já teria aparecido na zoologia fantástica antiga, enfrentando o exército romano. Ela enfrentará também o Exército Brasileiro, mas nem os nossos soldados, nessa ocasião, eram muito numerosos, nem a cobra mato-grossense tão grande assim, a ponto de deter a sua marcha.

Fascinado pelas serpentes que ele realmente encontrou nas regiões pantanosas da província de Mato Grosso, o jovem tenente tentará, com a ajuda dos colegas militares e dos moradores da região, capturá-las, ou, pelo menos, colher sobre elas o maior número de informações possível, e até mesmo ouvir-lhe o canto, que muito havia impressionado alguns dos mato-grossenses da fronteira com os quais ele chegou a conversar a respeito.

***

Como o título desse texto que agora comentarei já o revela, trata-se de um ensaio sobre o rio Aquidauana, a respeito do qual o Visconde de Taunay não economiza elogios: "Se há rio formoso no mundo, é o rio Aquidauana", afirma ele, confrontando a sua clara e pura corrente com a do revolto e quase sempre barrento rio

---

[2] *Imago Mundi* (Imagem do Mundo): consiste num poema de cerca de 6600 versos octossilábicos, de autoria controversa, pois teria tido um autor primitivo e talvez dois remodeladores do texto, segundo Afonso D'E. Taunay.

Miranda, com o qual ele, aliás, acaba por se juntar, ou confundir, segundo as suas palavras (Taunay, 1921, p. 7; ver Anexo B).

A força expedicionária deixara Campinas no dia 20 de junho de 1965, rumando para a "desgraçada" província de Mato Grosso a partir de Uberaba, Minas Gerais, pois marchara inicialmente para o Norte, já que o objetivo era chegar a Cuiabá.[3] Comentarei, no terceiro capítulo, o desempenho dos cavalos, e sobretudo do burro Paissandu, durante essa longa e lenta marcha... "Enfim, no dia 5 de outubro, no ponto de bifurcação dos caminhos para Cuiabá e para o Coxim, no pouso chamado Santa Bárbara, mandou Drago[4] obliquar à esquerda, deixando de todo a ideia de seguir para o Norte" (Taunay, 2005b, p. 189), e assim, sempre devagar, a coluna de mais de 3 000 pessoas seguiu repentinamente para o Oeste, cortando os campos da zona sul de Goiás, "já a lutar com falta sensível de mantimentos e com escassa distribuição de carne de vaca" (Taunay, 2005b, p. 191). Buscaram o Coxim, ponto de confluência dos rios Taquari e Coxim, onde, conforme vimos no capítulo anterior, o nosso segundo-tenente acampou e se deparou com a formiga-leão. Para chegarem lá, as forças tiveram de percorrer, desde Santos, 1.742 quilômetros. Os paraguaios, a essa altura, já haviam passado pelo Coxim e incendiado casas, como se falou anteriormente, e continuavam, aparentemente, avançando sem maiores resistências pela província de Mato Grosso.

A situação da força expedicionário fora se tornando, no Coxim, quase intolerável (os víveres minguavam e sofria-se até fome), como escreve o memorialista, e começaram as deserções: os soldados "preferiam as aventuras da viagem, a sós ou em grupos, pelos

---

[3] Pensava-se, assim, aumentar a força expedicionária na capital de Mato Grosso, mas chegaram despachos ministeriais com a ordem expressa de marchar para o distrito de Miranda, ocupado então pelos soldados paraguaios.

[4] Coronel Manuel Pedro Drago, comandante em chefe da expedição de Mato Grosso, que seria, porém, logo depois substituído pelo velho Coronel José Antônio da Fonseca Galvão. "Considerávamos a demissão de Drago injustíssima e efeito de intrigas e delações, que haviam produzido frutos no Rio de Janeiro; mas o fato é que a opinião pública se manifestara contra aquele comandante, cuja prolongada estada em Campinas, preenchida por bailes e divertimentos, lhe tinham angariado numerosas antipatias. O momento era, na realidade, grave demais para que tanta gente armada estivesse entregue a distrações em vez de seguir, de qualquer modo, a seu destino" (Taunay, 2005b, p. 190).

sertões do Piquiri e Camapuã, procurando ou Cuiabá ou a vila de Sant'Ana de Paranaíba, na fronteira de Goiás, Minas Gerais e São Paulo" (TAUNAY, 2005b, p. 231). Os Avisos do Ministério da Guerra, nessa ocasião, ordenavam que a coluna ocupasse, o quanto antes, o distrito de Miranda, "pois constava no Rio de Janeiro que os paraguaios estavam-se retirando, buscando a fronteira do Apa, chamados a reforçarem as forças do Sul" (TAUNAY, 2005b, p. 231).

Depois de muito hesitar, o Coronel Fonseca Galvão ordenou que sem demora dois engenheiros "fossem proceder ao reconhecimento da região que se estende até o rio Aquidauana, à entrada do distrito de Miranda," ou seja, a região que depois o Visconde de Taunay descreveria em *Viagens de outr'ora*, "e providenciassem sobre os meios de transposição dos dois grandes rios, de maneira que a invasão da região ocupada ainda pelos paraguaios se fizesse com a maior celeridade e depois do estudo exato das localidades" (TAUNAY, 2005b, p. 232). Região apenas vagamente indicada nos mapas, os engenheiros sabiam, assim como o comandante em chefe, que ela estava sujeita a inundações, formando então vastíssimos pantanais, conhecidos por Lagoa de Xaraiés.

No dia 12 de fevereiro, o jovem Taunay (que completaria 23 anos no dia 22 desse mesmo mês) e um de seus colegas, chamado Lago, devidamente acompanhados por alguns soldados que lhes inspiravam pouca confiança, partiram do Coxim e atravessaram o rio Taquari. Pelo caminho, não toparam com o inimigo paraguaio nem com os temíveis pantanais, mas foram encontrando inúmeros cardumes de grandes peixes que subiam as águas límpidas e cristalinas dos ribeirões: dourados, pirapitangas etc.

Tudo isso e muito mais ele relatou em seu primeiro livro publicado, *Cenas de viagens*, de 1868, cujo original foi lido e corrigido pelo Imperador, de quem a família do escritor era muito próxima. O escritor voltou ao assunto nas *Memórias*, obra póstuma da qual publicou, no entanto, vários fragmentos em periódicos anuais e na imprensa diária, inclusive os que se referem à sua estada no Coxim. Em 1927, vários desses fragmentos foram lançados em livro, organizado por Afonso, o filho do escritor, sob o título *Dias de guerra e de sertão*. Na primeira parte de *Viagens de outr'ora*, livro de 1921 e também organizado pelo filho do escritor, conforme sabemos, o narrador explora novamente esse tema, ao narrar aquilo que ele havia encontrado na outra margem do Taquari, mais especificamente junto ao belo rio Aquidauana. Na companhia de Lago e de um punhado de soldados suspeitos, o jovem Taunay acamparia por algum tempo ali, ao longo de uma viagem que então apenas se iniciava e que ainda o levaria até as margens do Apa, rio que separa o Brasil do Paraguai.

Mas onde, exatamente, estariam as sucuris, assunto principal deste capítulo? O Visconde de Taunay consagra a essa serpente dos pantanais vários parágrafos de "O rio Aquidauana", que começa falando dos peixes, muito abundantes nesse rio, e termina discorrendo longamente sobre as sucuris, quando então ele revela tudo o que viu e também o que ouviu sobre elas.

Fatos e lendas se misturam inextricavelmente nessa narração, e a sucuri, embora tenha sido vista de muito perto pelo militar brasileiro, preservará, no entanto, na literatura dele, toda a sua aura de ser fabuloso, feito uma serpente oriunda do mais fantasioso dos bestiários, como, por exemplo, para citar um título recente, *O livro dos seres imaginários*, de Jorge Luis Borges, cuja versão definitiva saiu em 1967, no qual, além de serpentes fantásticas (a anfisbena, a Hidra de Lerna, a serpente óctupla, o uróboro), aparece também o leão-formiga,[5] ou mirmecoleão, um ser inconcebível que é leão pela frente, formiga por trás e com as partes pudendas ao contrário, segundo a descrição de Gustave Flaubert que o escritor argentino reproduz.[6]

***

O Visconde de Taunay começa descrevendo a sensação de encontrar-se em meio a uma prodigiosa abundância de mamíferos,

[5] Borges inverteu aqui os dois termos, colocando o leão antes da formiga, talvez para tornar mais clara a imagem absurda desse animal fantástico, que não se parece em nada com a formiga-leão comum; no entanto, em todos os outros bestiários, sobretudo em inglês, que consultei, como *The Book of Beasts*, um texto do século XII, traduzido e editado por T. H. White, aparece "*antlion*", cuja tradução para o português tem sido sempre "formiga-leão" e não "leão-formiga".

[6] "[...] *le Myrmecoleo, lion par devant, fourmi par derrière, et dont les génitoires sont à rebours*" (FLAUBERT, 1964, p. 441).

como lontras, ariranhas e capivaras; ou de aves, como mutuns, jacus, jacutingas, tucanos, araras e papagaios. "Nunca senti", afirma, "como então, no meio daquela natureza virgem, vivificada por milhares de seres, cercada de matas colossais e sobre aquelas águas cristalinas — [...] — nunca senti alegria tão pura, tão viva e suave, tão branda, embora penetrada daquela pontazinha de tristeza e melancolia" (TAUNAY, 1921, p. 9; ver Anexo B).

Porém, até mesmo das águas de beleza excepcional, onde os peixes, em especial, são do mais delicado sabor, podem advir surpresas nada agradáveis. O jaú, informa o memorialista, é o maior peixe de água doce, pelo menos em Mato Grosso, chegando a proporções enormes. Devido à sua força prodigiosa, é capaz de atacar um homem, razão pela qual o Visconde de Taunay não hesita em chamá-lo de monstro, em vez de peixe simplesmente, e aproveita para narrar o primeiro ataque, se não estou enganado, de um animal daquela parte da província a um soldado brasileiro (que ele chama de camarada), durante a Guerra do Paraguai:

> Na passagem a nado desse belo Aquidauana, um camarada chamado Ciriaco foi, debaixo das nossas vistas, nós já no barranco, arrebatado por um jaú. Só ouvimos um grito horrível, só vimos como que um grosso vulcão d'água que arrebentava... depois sangue a tingir por momento um trecho do rio e... nada mais.
>
> Voltara a corrente a caminhar quieta, serena, pura, translúcida.
>
> E aterrados por aquele horroroso drama, que não durara sequer um minuto, ali ficamos a contemplar esse local, de repente tornado tão lúgubre, quando toda a natureza em torno só falava da alegria de viver!...
>
> No meio dos seus ofuscantes esplendores, surgira sinistro o espectro da morte a ferir o homem no seu orgulho de eterno e glorioso dominador de toda a criação!...
>
> E como fora o pobre Ciriaco, humilde e desconhecido camarada, poderia, instantes antes, ter sido um de nós, eu ou o Lago, devorado por um vil animal de ordem inferior, no desleal assalto de sua fome brutal e feroz!... Não estava, porém, no seu legítimo papel, no seu pleno direito, executando a lei da "luta pela vida" a que todos obedecem? (TAUNAY, 1921, p. 12; ver Anexo B).

É digna dos bestiários, a meu ver, essa cena de um soldado sendo arrebatado por um peixe de água doce. Num trecho do poema épico de Lucano, *Farsália*, conforme lemos no bestiário de

Borges, já citado, os soldados de Catão tiveram de enfrentar, nos desertos da África, serpentes verdadeiras... ou imaginárias. Poder-se-ia afirmar a mesma coisa a respeito desse peixe descomunal, cuja força prodigiosa e, sobretudo, cuja capacidade de arrastar ou de devorar um homem parece provir menos da observação dos fatos do que da fantasia do memorialista, que, ao mudar de escala, nesse texto (ele deixou para trás, momentaneamente, o universo dos insetos), também se colocou a si mesmo (e ao soldado que ele afirma ter sido devorado pelo jaú) à mercê dos monstros, os quais, doravante, serão capazes de enfrentar e atacar seres humanos, como ainda veremos mais à frente. Anteriormente, ao falar dos pequenos animais, o escritor tratou apenas de uma forma larvar, portanto diminuta, a qual não representou para ele, por isso mesmo, ameaça alguma.

O jaú é chamado de "vil animal", tal como antes a formiga-leão havia sido chamada de "encapotado salteador", para, a seguir, ser associada a um "perverso assassino". Contudo, assim como o sr. Simpson, no conto de Primo Levi, se convence de que as larvas ferozes não poderiam ser absolutamente consideradas responsáveis por seu regime alimentar, o Visconde de Taunay, depois de assistir horrorizado à morte do soldado, acaba admitindo que o jaú estava no seu legítimo papel, executando a lei da luta pela vida. Obviamente, há um elemento alegórico nesse episódio, e o escritor prontamente extrai dele uma lição, a de que o homem se engana quando, levado pelo orgulho, se considera senhor de toda a criação, cego para o fato de que poderá ser simplesmente derrotado por um animal de ordem inferior. Pondera que ele próprio, um engenheiro militar, poderia ter desaparecido para sempre, em menos de um minuto, nas águas do rio mais formoso do mundo, no lugar do infeliz Ciriaco, um simples soldado.

Os animais começam a ganhar proporções significativas (alguns são de grande porte), à medida que o escritor avança, junto com os seus camaradas, em direção ao Paraguai. Por isso mesmo, os animais começarão a ser claramente colocados, de um lado, como perigosos, e os seres humanos, do outro, como as possíveis vítimas deles, não havendo mais a possibilidade de o soldado identificar-se com o enorme jaú, nem com a colossal sucuri, da qual falarei a seguir. Eles estarão próximos, mas decididamente em lados opostos.

O exemplo que darei agora, de contato com um animal cuja ferocidade era proverbial nos fundos sertões, é eloquente a esse respeito.

O escritor havia encontrado, não no rio Aquidauana, mas no Taquari, outros peixes muito temidos, embora bem menores que o jaú: as piranhas, também conhecidas como peixe-diabo, como ele esclarece, e cuja voracidade lendária corresponde aos seus dentinhos afiados, que são como a mais terrível navalha. Nadam em bandos de milhares e milhares, e, "Excitadas pelo aparecimento do sangue das vítimas, chegam, no ardor do ataque e da fome, a devorar umas às outras" (TAUNAY, 1921, p. 15; ver Anexo B). Conta o escritor que chegou a pescar piranhas e revela: "Uma vez examinando, embora com todo o cuidado, a boca de uma delas, morta e bem morta, feri-me tão profundamente com o gume de um dos dentes maiores, que ainda hoje se vê no dedo a cicatriz" (TAUNAY, 1921, p. 16; ver Anexo B).

A onça, o grande predador dessas regiões, também costuma entregar-se aos "prazeres piscatórios", segundo a voz do sertanejo que o memorialista reproduzirá, mas reconhecendo tratar-se, antes de tudo, de anedota saborosa, da qual, no entanto, ele tirará algumas lições, como se estivesse narrando um fato fidedigno. Com habilidade e tática, e certa dose evidente de bom humor, a onça também se dedica a apanhar piranhas. Nesse aspecto, a onça lembra um pouco a formiga-leão do Coxim, que era capaz de construir, com arte e rigorismo, conforme vimos, a sua impecável armadilha. Mesmo não tendo sido diretamente observada por ele, e assumindo um aspecto, por conta disso, algo de lendário, a onça merece toda a sua simpatia, levando-o a enveredar por novas especulações sobre a evolução das espécies, assunto prezado pelo escritor.

Deitada num tronco sobre canais e áreas inundadas, a onça:

> [...] deixa pender na água a ponta da cauda, tendo o cuidado de não mergulhar mais que o penachinho terminal. A piranha precipita-se em cima, mas é sacada do seu elemento por um movimento rápido, nervoso e hábil de toda a cauda e atirada longe a lugar enxuto, onde mui natu-

ralmente não se sente a gosto e expia logo com a morte a imprudente aventura. Conseguida desta arte boa porção, espera o felino que estejam bem mortas para então comê-las cautelosamente, tendo o sensato cuidado de não lhes engolir a cabeça, que destaca com uma dentada jeitosa.

Serão todas as onças capazes desses atos, que no seu complexo indicam uma série de precauções filhas da experiência e da prática? Não haverá em todas as cautelas tomadas o assinalamento de uma evolução ascendente? (Taunay, 1921, p. 17; ver Anexo B).

Essa anedota, ouvida pelo escritor durante a sua estada na província de Mato Grosso, leva-o, depois, durante a redação do seu artigo sobre a fauna da fronteira do Brasil com o Paraguai, a recordar outro fato curioso, que teria ocorrido, na verdade, longe dali, em Laguna, sul de Santa Catarina, onde uma ave aquática, o biguá, depois de aprender a quebrar os ferrões dos bagres, passou a engolir esse peixe, o que, naturalmente, ele não era capaz, até então, de fazer. Os pescadores, que comercializavam esse peixe e dependiam dele para sobreviver, viram em pouco tempo escassear a sua fonte de renda. A Câmara Municipal de Laguna instituiu, como um recurso extremo, um prêmio para quem matasse o maior número de aves; assim, os biguás foram destruídos, e os bagres reapareceram, para a felicidade geral.

Os animais que não apenas devoram uns aos outros, mas que, sobretudo, dão prova de alguma curiosa habilidade (a de aprender, por exemplo, como os biguás, a fazer algo completamente novo), ou que dominam uma arte (a arte de bem construir, no caso das formigas-leão), ou que demonstram domínio de uma técnica refinada (a onça, um animal de grande porte, é um pescador sensato e jeitoso), merecem toda a simpatia do escritor. As piranhas, pelo contrário, são animais unicamente selvagens e irracionais, chegando, no furor do ataque, a se devorarem entre si. Esse canibalismo é a prova de que não se entregam aos "prazeres" da caça, como a onça mato-grossense, pois faltam-lhes, para isso, a habilidade e a tática, e até o bom-humor dos felinos; resta-lhes uma vertiginosa ferocidade: "Um boi, caindo na água e sujeito às suas dentadas e beliscaduras, desaparece, espicaçado com prodigiosa rapidez, em minutos!..." (Taunay, 1921, pp. 15-6; ver Anexo B).

***

No rio Aquidauana, nos informa o Visconde de Taunay, é bastante rara a presença de sucuris, serpentes que ele qualifica de monstruosas, porque sabe que são as maiores cobras daquela região, e acrescenta que preferem águas barrentas aos leitos cristalinos.

Se por um lado ele pouco fala dos jacarés, que abundam no curso do rio Paraguai, mas que desapareceram, aparentemente, das margens do rio Aquidauana, ou se tornaram ali muito raros, por outro lado as sucuris ele pôde avistar, se não exatamente no rio Aquidauana, nos pantanais e em lugares de água turva, dessa mesma região. Tornaram-se, por isso mesmo, o grande tema do seu artigo, dedicado, como estamos vendo, especialmente aos animais de grande porte, quando não "antediluvianos". Ele começa contando um episódio ocorrido no acampamento do Coxim:

> As sucuris (*Boa murina* ou *scytale*, de Lineu) atingem proporções que as tornam entes deslocados na natureza proporcional do nosso globo, tipos sobreviventes dos períodos antediluvianos, como são rinocerontes, hipopótamos e elefantes. Nada mais nojento do que o aspecto destas enormes serpentes que chegam, segundo dizem, a seis braças, até mais, de comprimento. São de cor escura no lombo com grandes manchas de um amarelo escuro sujo, dispostas com certa regularidade; por baixo e no ventre, amarelo claro desmaiado. Afinam bastante no pescoço e têm cabeça grande com olhinhos muito parados, sem brilho, como que mortos, e boca larga e capaz de extraordinária extensão.
>
> Ao chegarem as forças expedicionárias ao Coxim, mataram, alguns pousos antes, os soldados uma que media 40 palmos de comprido e nada menos de 12 de circunferência, pois acabara de engolir alentado veado. Estava em começo de digestão e estirada a fio comprido, deixou-se esbordoar até morrer, sem quase se mexer.
>
> Arrastada até o meio do acampamento, onde a fomos contemplar com tanto pasmo quanto asco, abriram-lhe depois o estômago e ventre; e tal foi o fétido que desprendeu, tão violento e insuportável, que não houve senão levantar o abarracamento e ir pousar em outro lugar bem afastado (Taunay, 1921, p. 19, grifos do autor; ver Anexo B).

Aquilo que o segundo-tenente não ousou fazer com a formiga-leão, ou seja, "esmagá-la", os soldados não tiveram escrúpulo em fazer com essa sucuri: não apenas a mataram, como também a abriram. E por que agiram assim, se a sucuri estava estirada no chão, quase imóvel, fazendo pacificamente a digestão, após comer um alentado veado? O animal é de imediato execrado, em primeiro lugar, porque é grande e nojento, de acordo com a descrição do memorialista, que parece ter desgostado muito do seu aspecto geral, das suas cores em particular; em segundo lugar, porque, uma vez morto e aberto, exala um cheiro nauseabundo, obrigando todos os soldados e os seus superiores a acamparem em outro lugar. Uma sucuri, em suma, viva ou morta, é uma companhia que ninguém deseja ter por perto; por isso, deve-se eliminá-la imediatamente e afastar-se para bem longe do seu fétido cadáver.

Se a contemplação da sucuri morta se faz tanto com pasmo quanto asco, isso ocorre porque os militares não se contentaram de forma alguma com a visão da serpente imóvel a seus pés, pois lhes faltava ainda algo interessante para ver, mesmo que não fosse nada agradável, como certamente não ignoravam: o conteúdo do seu estômago ou ventre, como enfatiza o Visconde de Taunay, o qual, imediatamente aberto, acaba revelando a prodigiosa capacidade dessa cobra para devorar inteiro um outro animal de grande porte, neste caso, o alentado veado. Isso acaba acentuando a sua monstruosidade (a sua dimensão antediluviana, talvez), e o mau cheiro que toma conta do ar tornando-o irrespirável é o fecho digno de um espetáculo que teve como centro um animal nojento, que não desperta, pelo menos nesse momento, nenhuma simpatia no Visconde de Taunay.

O escritor demonstra, em relação aos urubus, o mesmo desprezo que devota a essa sucuri, considerando ambos, o réptil e as aves, repugnantes, embora de longe, curiosamente, sobretudo as últimas, pareçam atraentes ao observador desavisado: "Essas imundas aves de rapina, que pela primeira vez vi perto do Aquidauana, chamadas *urubutingas* (urubus brancos), de longe são lindas e vistosas e semelham bandos de grandes e alvinitentes pombos. Têm hábitos absolutamente idênticos aos dos seus congêneres" (TAUNAY, 1921, p. 14, grifo do autor; ver Anexos B).

O autor chega a propor, para explicar o mistério de um animal antediluviano para sempre "desajustado", até mesmo na selvagem fronteira do Brasil com o Paraguai, uma hipótese sobre a evolução das espécies, que depois qualifica de grave e obscura, focando especificamente a grande serpente: "Quem sabe se a sucuri não é senão uma reprodução adulterada de alguns monstros diluvianos, tão medonhos e temidos de toda a criação nos tempos pré-históricos, do plesiossauro, por exemplo, a combinação de um sáurio (teratológico jacaré) ou qualquer outro gigantesco réptil e de colossal cobra" (TAUNAY, 1921, p. 32; ver Anexo B).

Essa suposta "reprodução adulterada de alguns monstros diluvianos" pode "parir", depois de exalar o último suspiro, por assim dizer, um grande animal, ou vários deles, e às vezes até mesmo um ser humano, os quais estariam guardados inteiros no seu ventre, mas, obviamente, com os ossos triturados: "Velhas sucuris, levadas pela fome, chegam a atacar cavaleiros montados, bois e touros. Engolem as reses até aos chifres que, escancarando-lhes a boca, só caem afinal com a putrefação do corpo" (TAUNAY, 1921, p. 23; ver Anexo B).

O estômago extraordinário das sucuris é um tema recorrente nas histórias orais ou escritas que se divulgam, em todas as épocas, no Brasil e no Paraguai, sobre essas serpentes, como logo veremos. Elas são, porém, fáceis de capturar, quando, após uma boa refeição, ficam sonolentas e o tamanho desmesurado do seu estômago chama imediatamente a atenção dos curiosos, que sabem, por isso mesmo, que elas não se moverão do lugar à aproximação deles.

O escritor paraguaio Augusto Roa Bastos explorou esse *tópos* no seu romance *Contravida*, que comentarei a seguir.

***

Publicado em 1994, o romance *Contravida* conta, em primeira pessoa, todos os passos da fuga de um preso político de uma abjeta prisão em Assunção. Ao longo de uma viagem pelo interior do Paraguai, o protagonista-narrador, que fora torturado e agora volta a encontrar-se com o seu torturador, acaba tendo esta revelação: "Ainda tenho que retroceder. Sempre retroceder. Toda fuga é sempre um desvio para o passado. O último refúgio do perseguido é a língua materna, o útero materno, a placenta imemorial na qual se nasce e morre" (ROA BASTOS, 2001, p. 51). Pouco depois ele se descobre de novo refém ou prisioneiro, porém agora do seu próprio passado, afirmando não sem lucidez e ironia: "O mito da infância perdida, perverso, esperto, falaz, me mantém prisioneiro. Não posso fugir dele. Sou seu refém. Vai me entregar de pés e mãos amarradas aos meus perseguidores" (ROA BASTOS, 2001, p. 108).

Ao viajar num trem rumo não apenas ao interior do Paraguai, mas também, como já sabemos, ao interior de si mesmo (um dos seus avós, ele revela a certa altura, não era paraguaio, mas português, e livre-pensador), as lembranças vão se sobrepondo e o pobre vagão vai se tornando cada vez mais arcaico, andando sempre para trás no tempo, enquanto, mesmo ao dar a impressão de avançar no espaço, o passageiro vai recapitulando fatos que sucederam muito antes, e até em outro século. Então, sem qualquer resistência de sua parte, o narrador se vê imerso na memória coletiva, chegando ao período que antecede à Guerra do Paraguai, quando operários e engenheiros ingleses construíram, nos anos 1850, a primeira estrada de ferro do Paraguai. O narrador desce do vagão para desentravar as pernas e adianta-se à locomotiva, onde vê o escudo engastado, como ele afirma, no seu nariz, que traz a seguinte legenda: "Locomotora Paraguay — 1857", e, sob ela, o nome do pai do ditador Solano López, que depois declararia guerra ao Brasil: "Presidente Don Carlos Antonio López".

No romance de Roa Bastos, o trem lendário que atravessa o Paraguai e as mais recônditas lembranças do narrador ("Mais do que uma viagem de trem, aquilo era uma procissão",[7] um deslocar-se lento, atrasado, como sugere ironicamente o narrador logo no início do seu relato, embaralhando o presente e o passado)[8] vai

---

[7] ROA BASTOS, 2001, p. 31.
[8] Aparentemente agora, na condição de proscrito, de fugitivo ou de espectro errante (ele tem às vezes a sensação de ser invisível, ou seja, é uma larva), o narrador ainda viaja no mesmo trem de antanho, e ao falar da infância ele recorda: "Na realidade, o barulho do trem liliputiano de 1856, réplica da primeira locomotiva a vapor de Stephenson, era a única coisa que marcava com certa regularidade o passar do tempo em direção a um presente que ainda não existia, que nunca chegaria a ser futuro" (Roa Bastos, 2001, p. 60).
E em outra passagem, mais à frente, o mesmo narrador (que é um romancista, e que já escrevera no cárcere sobre o trem de 1850) comenta o processo, em curso na sua obra, de transformar o esquecimento em delírio: "Agora estou fugindo neste trem liliputiano idêntico ao outro —, ou, quem sabe, o mesmo —, parece-me que estou

merecendo diversas descrições, que acentuam sempre mais e mais a sua irrealidade: trenzinho destrambelhado, trem-tartaruga que teria a idade das tartarugas, trem que era o nosso único brinquedo, trem liliputiano, trem de 1850, trem pigmeu, trem destruído, trem descarrilado, trem que é uma relíquia dos velhos tempos, pequeno fóssil da Revolução Industrial que os ingleses trouxeram ao país a peso de ouro há um século e meio... No plano simbólico, esse trenzinho centenário alude, de maneira sem dúvida sarcástica, ao cenário de paralisia política, econômica e social da pátria guarani, após a sua derrota na Guerra do Paraguai: "Durante mais de cem anos a vida do país tinha parado no tempo", comenta o narrador, para logo concluir: "Avançava recuando, mais devagar que o trem matusalênico",[9] sendo essa, aliás, a única explicação para que o pequeno fóssil da Revolução Industrial, relíquia dos velhos tempos gloriosos, ainda estivesse operando no Paraguai moderno.[10]

Na sua fuga alucinada, o narrador agora "larva" (quem já tratou com ele parece, no início da viagem, não reconhecê-lo mais, como se ele fosse um fantasma, uma criatura invisível), viaja no mesmo vagão em que também embarcou, talvez por acaso, um corpulento membro da polícia política que já o havia torturado durante meses, sete anos atrás. Como era previsível, pelo menos nesse episódio crucial, de reencontro entre vítima e algoz, esse temido personagem, sempre vigilante e a serviço do governo ditatorial, agora já não o reconhece, não lhe dando nenhuma atenção e confirmando, portanto, a sua condição de larva.

Estará o protagonista finalmente livre, para ir e vir sem estorvos pelo Paraguai? Logo ele descobrirá que não... É um prisioneiro para sempre, em múltiplos sentidos, como já disse anteriormente.

Mas a metamorfose que o transformou momentaneamente em larva afeta igualmente o trem, que, já perto do final do romance, é chamado simplesmente de víbora, uma víbora irreal, para que

repetindo aquela história ou que a estou escrevendo pela primeira vez" (Roa Bastos, 2001, p. 107).

[9] Ros Bastos, 2001, p. 34.

[10] "Esta ferrovia, a primeira do país, o mais adiantado e próspero da América do Sul no século passado, era também a única" (Ros Bastos, 2001, p. 34).

assim se possa distingui-lo da serpente real (a *curiyú*, em guarani), a sucuri, com a qual ele se envolverá, conforme lemos na Oitava Parte (*Contravida* se estrutura sobre 16 partes, ou 16 capítulos breves):

> Os meninos do rio e eu caçamos uma *curiyú* que estava enrolada no fundo de um barranco.
>
> Tramamos um golpe contra o trem por ele não ter vindo durante três meses. Decidimos castigar o trem e a sucuri por suas respectivas malfeitorias.
>
> Foi Leandro Santos, nosso capitão, quem encontrou a cobra e planejou a vingança. A víbora tinha comido um cabrito e dormia sua digestão como um rolo de pedra, a pança estourando de tão cheia.
>
> Leandro trouxe um matungo e um laço. Amarramos o pangaré à goela inchada da víbora e a arrastamos até o barranco de Piky.
>
> A víbora era enorme como uma grande vaca comprida num rolo (ROA BASTOS, 2001, p. 123, grifo do autor).

Nesse trecho do romance paraguaio, assim como no artigo do Visconde de Taunay, a enorme sucuri está fazendo a digestão, fato que a torna uma presa fácil, até mesmo para meninos e adolescentes, que não parecem muito temerosos da reação da cobra de barriga cheia. Se por um lado a sucuri parece inofensiva, por outro lado as crianças afirmam que ela é capaz de fazer malfeitorias (não sabemos exatamente quais), tal como o trem, que às vezes aparecia naquele lugarejo no interior do Paraguai e outras vezes não, desapontando a todos, tanto os viajantes quando os moradores do lugar, sobretudo as crianças, que se divertiam vendo os vagões passarem.

Talvez entre os atos que desabonam essa sucuri, assim como aquela outra descrita anteriormente pelo Visconde de Taunay, possamos incluir o de ingerir inteiro um animal de grande porte, o qual, no primeiro caso, era um veado e, no segundo, um cabrito. Provavelmente o cabrito tinha um dono, e ele se sentiu, como não poderia deixar de ser, lesado pela cobra, daí ele entender que ela é uma "malfeitora", opinião com a qual todos prontamente concordaram...

Antes de o trem se aproximar com certa velocidade da curva fechada da lagoa, chamada Piky, onde há um bosque denso, os preparativos prosseguem sobre os trilhos:

Índios da tribo, acomodamos a *curiyú* com o maior capricho. Depois a desenrolamos e a atravessamos sobre os trilhos.

O viborão levantava um pouco as pálpebras negras mas não conseguia despertar do sono que levava dentro de si, maior e mais pesado do que ele.

Nós o olhávamos alegres mas assustados, diante da realidade da jiboia[11] e do fato fantástico que estava para acontecer.

[...]

Escondemo-nos nas frondes para esperar a passagem do trem. Ele demorou a chegar de Maciel. Pareceu demorar um milhão de anos. Por fim o ouvimos vir *choc... choc... choc...*

E o vimos despencar na ladeira.

Debruçamo-nos na terra, entre as moitas, e vimos o que só se pode ver nos sonhos mais terríveis.

[...]

O trem apanhou a sucuri. Mas em seguida o réptil foi à forra. Inchado o dobro de seu tamanho, se dobrou e curvou-se em duas metades sobre o trem, abraçando-o e comprimindo-o entre seus anéis.

Enfiou a cabeça por uma das janelas do vagão de passageiros e pela janela oposta a cauda, lançando jorros de sangue sobre os passageiros enlouquecidos.

O pequeno trem comprimido pela jiboia[12] só parou cem metros adiante, ao descarrilar na curva, se arrebentando todo.

A locomotiva ficou incrustada na ponte.

[...]

O olho telescópico de Leandro Santos, seu olhar vivo e fulgurante, viu saltar pelos ares a cabrita que a víbora engolira.

Foi nos relatando a cena. Contou que o animalzinho caiu sobre a cabeça de uma mulher. Ricocheteou e disparou pelo campo apavorado, soltando lastimosos balidos" (ROA BASTOS, 2001, pp. 124-5, grifos do autor).

A noção, que já havia aparecido no texto do Visconde de Taunay, de que uma sucuri que ingeriu um grande animal é também uma

---

[11] Não me parece que "jiboia", termo usado na tradução (que é excelente) de maneira alternada com sucuri, como se ambos fossem mais ou menos sinônimos, seja pertinente aqui. As palavras que o escritor paraguaio empregou para denominar a grande serpente do romance: "víbora", "*viborón*" e "*curiyú*", não justificam, a meu ver, substituir em português sucuri por jiboia, como nesse parágrafo que estou comentando, pois todas elas remetem ao mesmo tipo de cobra, que é a maior de todas da região, justamente a sucuri. Sobre a diferença entre uma jiboia, que é também uma grande serpente, e a monstruosa sucuri, o Visconde de Taunay esclarece: "[...] no seio da nossa natureza, toda ela gradual em suas criações e desdobramentos, [a serpente colossal] dá ideia de largo e verdadeiro pulo nessa série de répteis ofídios; isto é, entre a maior cobra, uma grande jiboia, por exemplo, e semelhante mostro [a sucuri], que atinge proporções positivamente colossais, há como que interrupção e falta de tipos intermédios, provavelmente porque ele [o monstro] representa um dos poucos entes vivos que se salvaram dos grandes cataclismos nas épocas terciárias do nosso globo" (TAUNAY, 1921, p. 21; ver Anexo B).

[12] Ver nota anterior.

cobra prenhe, com um volumoso ventre prestes a explodir, é explorada nessa passagem do romance. Após a colisão da locomotiva com a serpente semiadormecida, segundo testemunhou Leandro Santos, um rapaz de dois metros de altura que planejou aquela vingança contra os dois "malfeitores" (a máquina e o réptil), várias cabritinhas (cabras pequenas), e não apenas uma, como se pensava, saíram balindo, como recém-nascidas, do ventre da sucuri: "— Pronto! — disse Leandro Santos. — A *curiyú* morta pariu as sete-cabritinhas" (Roa Bastos, 2001, p. 125, grifo do autor). O narrador, conforme ele relembra, viu apenas uma cabrita que fugiu mancando para o monte, mas o seu amigo, que possuía, como ele mesmo afirmou, olhar vivo e fulgurante, ou "telescópico", e também um ouvido não menos perfeito do que a sua vista, teria insistido, porém, que, após o choque, sete bichinhos haviam nascido, um pouco atarantados, mas todos vivos.

Se considerarmos que o trem, como aliás propôs o narrador, é uma víbora mecânica, poderíamos também concluir que ele, cheio de passageiros, deu à luz homens e mulheres em profusão...

O termo "*cabrilla*", ou cabrinha (cabritinha), quando usado no plural, como na passagem acima, "cabrinhas"/"cabritinhas", remete às estrelas visíveis do grupo das Plêiades, que, segundo a tradição popular, são sete, daí a origem da expressão "sete-cabrinhas". No verbete "Sete-Estrelo", do *Dicionário do folclore brasileiro*, de Luís da Câmara Cascudo, lemos: "Sete-Estrelas, Plêiades, talqualmente em Portugal. Tenho também ouvido indicar a constelação de Órion. No rio Negro, as Plêiades são chamadas *Cyiucé*, mãe dos que têm sede, segundo Barbosa Rodrigues. São as *Sete Cabrillas* em Espanha e a *Poussinière* na França" (Cascudo, 1984, pp. 710-1), o que confirma que a sucuri paraguaia é, no seu confronto com o trem, uma serpente cósmica que dará à luz sete estrelas, ou cabritinhas.

Em outra passagem do romance de Roa Bastos, na Terceira Parte, o narrador rememora a noite em que, antes de deixar Iturbe, logo após o acidente do trem, viu a Via Láctea através da janela do seu quarto: era uma mancha luminosa e alongada que ondulava, embalada pelo vento que soprava dos confins do universo; e, logo depois, na página seguinte, e sempre contemplando o céu noturno, ele alude à "grande víbora, aberta de cima a baixo, varrendo o ar com a cauda" (ROA BASTOS, 2001, p. 55). Essa imagem, embora já antecipe a visão do acidente de que estamos tratando, o qual, no entanto, o narrador só descreverá em detalhes depois, na Oitava Parte, também poderia, dada a sua ambiguidade e ao local em que ela aparece no texto, referir-se, a meu ver, não apenas à sucuri ferida que atacou o trem ("o fabuloso ataque da grande víbora contra o trem"),[13] mas aludir diretamente à Via Láctea, a qual o adolescente provavelmente continuou contemplando ao mesmo tempo que pensava no choque do trem com a sucuri sonolenta. De fato, o terrível incidente já havia ocorrido, conforme lemos na Terceira Parte do romance, que descreve a volta para casa do adolescente: "Dei uma longa mijada sobre suas costelas de pau [trata-se de um portão, com quem o menino ou adolescente costumava conversar, antes de entrar em casa] para descarregar o enxofre que me ardia nos rins, depois das obscenidades que vira após o ataque da enorme víbora contra o pequeno trem" (ROA BASTOS, 2001, p. 51).

A sucuri é observada, na Oitava Parte, de duas perspectivas diferentes e complementares, como se ela tivesse sido colocada, pelos adolescentes que a capturaram, simultaneamente num "trilho" grandioso, mítico, e num "trilho" comum, corriqueiro: assim, por um lado, ela é vista como uma víbora cósmica que deu à luz sete estrelas (e, neste caso, ela é a Via Láctea, se não a própria, pelo menos o seu emblema ou símbolo), e, por outro lado, ela não se distingue de uma cobra comum, sem outra característica excepcional além do tamanho e da força. De acordo com essa segunda perspectiva, a cobra real fazia a digestão (e por isso estava sonolenta), sem ameaçar ninguém, após haver triturado e engolido um cabrito, ou cabrita, ou cabrinha. Na verdade, a presa engolida por ela não fora, como era de se esperar, triturada antes, pois, de repente, após o acidente, a cabrinha saltou viva da sua barriga, como testemunhou o narrador. Por não possuir nem uma visão nem uma audição tão finas quanto as do seu colega, o jovem de dois metros de altura, o narrador não

---

[13] ROA BASTOS, 2001, p. 53.

fora capaz de perceber sete cabritinhas sendo expelidas, uma após a outra, da barriga da sucuri, mas apenas uma, que ressurgiu pulando, embora claudicasse um pouco.

Enquanto o terror estava estampado no rosto dos passageiros do trem, o *alto* (sublinho o termo) Leandro deleitava-se com a visão encantadora do alvoroço que as sete cabrinhas agora faziam no campo, onde saltitavam livres e alegres. A sucuri sonolenta, conforme vimos, era um animal mais execrado do que admirado, e, associada no interior do Paraguai a desastres naturais, como anuncia explicitamente o narrador de *Contravida*, ela deveria ser eliminada sem dó, por representar (ou anunciar) males nefandos, como enchentes. Quer como monstro grandioso, quer como cobra grotesca, a sucuri é, em suma, sempre detestada, por uns e outros, por meninos e rapazes, que sem dúvida também a temem muito.

***

Esquartejada e maior do que o trem, a sucuri é vista pelo narrador como um verdadeiro dragão,[14] um ser que, segundo a tradição, possui a capacidade de assumir muitas formas: no bestiário compilado por Jorge Luis Borges, *O livro dos seres imaginários*, o dragão tem olhos de demônio e pode ser celestial, divino, terrestre e subterrâneo. O dragão paraguaio se encaixaria melhor na segunda categoria, que está encarregada de produzir ventos e chuvas, e também na terceira, a dos dragões que determinam o curso dos arroios e dos rios...

Numa passagem do romance de Roa Bastos, o narrador explica por que a sucuri paraguaia é, a seus olhos, esse dragão abominável e demoníaco de que estamos falando, e não o dragão mágico chinês. Aqui, o bestiário de Borges pode ser novamente muito esclarecedor: "No melhor dos casos, o dragão ocidental é aterrador", observa Borges, "e no pior, ridículo; o Lung das tradições [o dragão chinês], em compensação, tem divindade e é como um anjo que fosse também leão" (BORGES, 2007, p. 79). Na Sexta Parte de *Contravida*, o narrador conta longamente como eram as enchentes

---

[14] "Via-se apenas o revolutear dos insetos em volta do esquartejamento da víbora. Agora maior que o trem. Um verdadeiro dragão" (ROA BASTOS, 2001, p. 130).

que castigavam a cada inverno o seu pobre povoado, e atribui a sua origem às ações de uma cobra particularmente devastadora, que habitava um lago próximo, ao lado de outro monstro, metade peixe, metade leão: "Também era dali [do lago imenso como o mar], que vinha a grande víbora das chuvas que trazia as inundações. Era uma sucuri imensa que voava entre os raios e os relâmpagos e seus mugidos eram mais fortes que os trovões das tempestades" (ROA BASTOS, 2001, p. 101). Acredito que essa seja, em todo o romance, a mais concreta descrição da fantástica sucuri-dragão paraguaia. O Visconde de Taunay, como ainda falarei, também ficou muito interessado no "mugido" das sucuris, famoso em toda a fronteira do Brasil com o Paraguai, pois forte impressão causava nos sertanejos.

O menino prometeu a si mesmo lutar um dia contra esse monstro, essa sucuri cósmica que era portadora da desgraça, pois as enchentes que ela provocava não permitiam mais o avanço do trem, que deixava então de vir ao município isolado pelas águas durante meses. A víbora mítica e a víbora mecânica se separavam uma da outra, a primeira impedia a segunda de avançar. De certa maneira, pode-se afirmar que também o narrador foi capaz de perceber, na infância e na adolescência, de uma perspectiva tão mítica quanto a do seu amigo de dois metros de altura, o aspecto cósmico da sucuri, que se apresentou a seus olhos, no inverno chuvoso, como um imenso dragão destruidor, voando entre raios e relâmpagos, e mugindo mais alto do que os sons que se podiam então ouvir no céu tempestuoso.

O velho trem paraguaio, que é chamado de tantos nomes negativos no romance, conforme sabemos, é motivo frequente de desapontamentos (ele é quase tão odiado pelo narrador quanto as sucuris, essas serpentes ambíguas por excelência, ora sonolentas, ora ferozes, ora no céu, ora na terra), entre outras razões, dadas pelo menino, porque não se podia contar sempre com ele, além do que, é claro, a víbora mecânica era, para o adulto, uma relíquia do passado e, nessa condição, um emblema do atraso do Paraguai. Certa vez, a mãe do narrador lhe dissera, ao acender de noite velas de sebo que ela mesma fabricava para iluminar a casa: "Estamos vivendo o nascimento da Revolução Industrial no meio da selva...

com um século de atraso... [...] num país que ainda não saiu da idade da pedra..." (ROA BASTOS, 2001, p. 60).

A serpente mítica, a serpente real e a serpente mecânica se confundem no choque provocado pelos meninos e adolescentes, e esse incrível acidente nos conta, de forma concentrada, um pouco da história do Paraguai, antes e depois da Guerra do Paraguai. É claro que eu poderia me estender mais sobre esse assunto se também levasse em conta, a partir de agora, o fato de que a sucuri é introduzida no romance, na Oitava Parte, por intermédio de uma palavra guarani, *curiyú*, ou *kariju*, segundo outra grafia também aceita. Essa palavra indígena nos convida, como ela não poderia deixar de fazê-lo, a buscar, nos bestiários ameríndios, as grandes serpentes que pululam nas cosmogonias indígenas, da América do Sul à Mesoamérica, por exemplo, ampliando o papel das cobras no imaginário popular e mítico. A própria palavra sucuri, usada por nós, brasileiros, é, como se sabe, de origem tupi, e remete a muitos mitos conhecidos e desconhecidos, e a outros já esquecidos.

Gostaria, no entanto, de voltar ao artigo sobre o rio Aquidauana e discutir, a seguir, o que a sucuri representou para o Visconde de Taunay, e indagar se esse memorialista também quis eliminar, como o narrador de *Contravida*, essa cobra real e mítica da fronteira do Brasil com o Paraguai, e, em caso positivo, por que razão ele esteve propenso a fazer isso.

***

Após triturar-lhe os ossos, a sucuri brasileira devorou o veado inteiro, e, consequentemente, horas ou dias depois, quando ela foi finalmente aberta pelos soldados, um fedor medonho empestou o ar, obrigando o segundo-tenente Taunay e os seus camaradas a levantar o abarracamento, conforme vimos. A serpente brasileira não deu à luz um ser vivo, como a mítica sucuri paraguaia, mas um cadáver em decomposição, cria medonha e muito distinta das cabrinhas saltitantes. Esse fato acentua o seu aspecto repulsivo, que começa com a sua aparência externa, a qual, como não ignoramos, desagradou bastante ao memorialista.

Mas teria sido esse o motivo, mais estético do que qualquer outra coisa, que acabou induzindo os soldados, ao descobrirem o monstro, a prontamente matá-lo? Ou eles o fizeram porque também, ou sobretudo, desejaram abrir-lhe o ventre, para verificar o que ele continha? Poderíamos talvez associar essa sucuri nacional, com o ventre estufado, aos dragões subterrâneos, os quais, segundo o bestiário de Borges que já mencionei, tomam conta dos tesouros vedados aos homens. De alguma forma, toda sucuri morta dá à luz alguma coisa, boa ou nefasta, para saciar a curiosidade dos homens.

Enrolada no fundo de um barranco e com "a pança estourando de tão cheia", segundo Roa Bastos, a sucuri parece ter estimulado nas crianças paraguaias um desejo de vingança contra a sua voracidade e a sua força. Porém, mais do que isso, essas crianças pareciam, ao mesmo tempo, alimentar a secreta esperança de encontrar ainda vivo o animal que ela engolira, o que de fato sucedeu no romance *Contravida*, razão pela qual os algozes da cobra acabaram sendo recompensados por terem criado um acidente que, inicialmente, fora motivado pelo ódio que devotavam tanto ao trem quanto à sucuri. Esse parto forçado revelou, contudo, ao final da perigosa aventura, algo mais, algo inesperado, grandioso e apoteótico, que ninguém saberia prever: o asqueroso réptil tornou-se também uma serpente mágica, miniatura paródica da Via Láctea e versão do dragão aterrador, como diria Borges, esse monstro fantástico das literaturas do Oriente e do Ocidente.

O fato de o memorialista brasileiro descrever a sucuri como um monstro antediluviano enfatiza tanto o seu tamanho quanto a sua capacidade de se conservar idêntica a si mesma por milênios. Por isso, de acordo com a opinião do Visconde de Taunay, ela se tornou, em épocas recentes, um ente deslocado na natureza proporcional do nosso globo, como ele opinou categoricamente no artigo sobre o rio Aquidauana. É uma relíquia, e depois de caçada e morta pelos sertanejos e soldados, estes talvez quisessem guardar consigo a sua pele como um troféu, para propalar a vingança da época atual contra a época antiga, que pariu monstros.

Sem dúvida, tanto no texto do escritor brasileiro quanto no do romancista paraguaio, a milenar sucuri, oriunda dos primórdios, continua a viver impunemente, tal como viveu há milênios, sendo, nesse aspecto, tão anacrônica quanto a velha locomotiva inglesa do romance *Contravida*. O homem moderno, representado pelo Visconde de Taunay, talvez sinta que é seu dever enfrentá-la e vencê-la, o que lhe dará um prazer especial, aquele que só a desforra contra monstros indesejáveis proporciona, permitindo-lhe, além disso, como nos exemplos citados anteriormente, a libertação das suas presas, vivas ou mortas.

Em *Diversidade da vida*, o biólogo inglês Edward O. Wilson, um cientista contemporâneo, também utiliza, curiosamente, o termo "relíquia", no capítulo "Irradiação adaptativa", ao tecer considerações sobre os pálidos vestígios de animais e plantas antediluvianos (adjetivo caro ao Visconde de Taunay), que ainda hoje existiriam na superfície da Terra. Também recorre ao termo "arcaísmo" vivo, uma noção que, parece-me, está sempre implícita nas considerações que o nosso memorialista tece sobre a sucuri:

> Os mamíferos, os grandes vertebrados hoje preponderantes na superfície terrestre, aparecem acompanhados de tartarugas e crocodilianos, alguns dos últimos sobreviventes dos répteis outrora dominantes. Florestas de plantas floríferas abrigam fetos e cicadáceas esparsas, resquícios da vegetação que prevalecia na Idade dos Répteis.[15] E, numa escala menor, o ar está cheio de moscas, vespas, mariposas e borboletas, relativas novatas na evolução dos insetos. São comidas por libélulas, relíquias paleozoicas que ainda possuem asas rígidas estendidas e outros arcaísmos que datam dos primórdios dos animais voadores. As libélulas são os Fokkers e os Sopwith Camels [aviões da Primeira Guerra] do mundo dos insetos que, de algum modo, lograram permanecer voando todos esses anos (Wilson, 2012, pp. 118-9).

As libélulas seriam tão arcaicas quanto as sucuris? No conto do Primo Levi, as libélulas (na verdade, falsas libélulas, pois a larva da formiga-leão não se transforma nesse inseto, mas em outro, apenas parecido com ele e de hábitos noturnos) haviam se modernizado e voavam agora como modernos aviões cargueiros a serviço do sr. Simpson, trazendo-lhe mirtilos até a mesa no terraço. Não poderiam mais ser comparadas, como o faz Wilson, com aviões da Segundo Guerra que ainda estivessem em operação nos dias de

---

[15] Idade dos Répteis: Triássico até Cretáceo Superior.

hoje... Só a sucuri, aparentemente, segundo o Visconde de Taunay, teria se mantido igual a si mesma, desde a origem dos tempos: ela sim, um perfeito anacronismo, uma relíquia antediluviana...

A víbora mecânica paraguaia seguiu-lhe, ao que tudo indica, o exemplo, na medida em que ela é igualmente uma sobrevivente e uma relíquia dos primórdios... não dos tempos, mas do começo da Revolução Industrial.

***

O próprio Visconde de Taunay narra um episódio, no seu artigo sobre o rio Aquidauana, em que o tema de dar uma "segunda vida" à presa da sucuri é o motivo que leva o homem a provocar-lhe a morte, permitindo que o animal capturado por ela ganhe, assim, novamente a liberdade. A versão do memorialista é bem menos fantástica do que a de Roa Bastos, que não separa, no seu romance *Contravida*, memória de delírio:

> [...] Lembro-me, porém, da [história] que me relatou, com muitos pormenores, o meu amigo tenente João Faustino do Prado. Numa viagem a Cuiabá, passando ele pelos pantanais, então secos, do Piquiri, observou de longe um touro que disparava a miúdo, parecendo retido por extenso cipó. De mais perto, reconheceu que era enorme sucuri. A serpente depois de esticar-se mais possível, retraía-se devagar, trazendo de rastro ao chão a presa, cada vez mais exausta.
>
> Com o aproximar de gente, o touro deu desesperado arranco e partiu à disparada, bramando loucamente.
>
> A sucuri deu de si, até ficar da grossura de quase dois dedos; depois, começou a encolher-se, puxando a vítima que, extenuada por tantos esforços, de novo se deixara cair por terra.
>
> A vitória era certa; conhecido o final... novo elemento o perturbou.
>
> O facão do homem por golpe feliz deu a liberdade ao touro, que, erguendo-se de um pulo, sacudiu a cabeça e arrojando-se pela vasta campina, com o tronco da serpente pendurado ao pescoço, em breve desapareceu daquele teatro, onde devera achar a morte e bem singular sepultura (Taunay, 1921, pp. 19-20; *ver* Anexo B).

A libertação do touro com vida custou a morte da sucuri, o que o narrador não lamentou. Obviamente, esse fragmento citado nos deixa entrever que a cobra não tem nenhum valor, ao contrário do gado bovino, muito útil ao homem, tal como a cabrita que a sucuri paraguaia havia ingerido. Salvar o touro era, desse ponto de vista, para o tenente João Faustino do Prado, tarefa urgente e necessária, na medida em que a vitória da cobra, como disse o memorialista, parecia certa. Temos, nesse episódio, uma segunda sucuri morta por membros do Exército Brasileiro, na província de Mato Grosso, pois é certo que, ao lado do tenente, havia outros militares, talvez soldados, cuja aproximação fez o touro tentar desesperada corrida para escapar da cobra.

Embora o Visconde de Taunay não afirme isso no texto, é possível perceber, na descrição que ele nos oferece da sucuri, que esta, assim como a onça que mencionei atrás, também dá provas, às vezes, de rara habilidade e indiscutível tática, ao entregar-se aos prazeres da caça. Ela talvez não seja tão antediluviana assim, como escritor quer nos fazer crer... O touro é intencionalmente levado à exaustão física pela elástica sucuri enrolada no seu pescoço, que assim parece estar brincando com o animal de grande porte: deixa-o afastar-se um pouco para, logo depois, trazê-lo de volta de rastro, como se a caçada fosse uma interminável sessão de tortura. Talvez o sofrimento evidente do touro, somado à importância econômica deste, amenizem, para o memorialista, o efeito cômico da cena, algo que, segundo afirmei anteriormente, era indissociável da descrição que o Visconde de Taunay fez da onça pescando piranhas.

No capítulo anterior deste ensaio, o pequeno animal, a larva, pôde se transformar, por um momento, no espelho do segundo-tenente e do engenheiro militar, conforme discuti longamente; mas e o grande animal, o bicho antediluviano? Não, este não é uma imagem especular, e por isso o jovem Taunay sempre pareceu, no texto que estou analisando, tomado do desejo premente de tirá-lo da frente, eliminando-o...

Quando o jovem engenheiro militar estava observando, no Coxim, a máquina de guerra da formiga-leão, ele ousou interferir a favor das presas, mas de forma tímida, retirando-as (algumas delas) do abismozinho antes que caíssem entre as mandíbulas da larva, porém não disse que esmagou ou matou nenhum inseto. Aparentemente, conforme sabemos, deixou as larvas viverem em paz no fundo das suas máquinas. As sucuris, ao contrário, pelos exemplos que já citei, despertaram nele e nos militares brasileiros uma reação muito diferente. Alguns desses homens que pela primeira vez pisavam a província de Mato Grosso, mal avistavam as sucuris, já começavam aparentemente a se preparar para matá-las, como se uma das suas tarefas, durante as suas deambulações um tanto ociosas pela fronteira do Brasil com o Paraguai (o inimigo paraguaio, que havia se retirado, ainda não dera novamente as caras por lá), fosse eliminar os enormes répteis que eles encontravam casualmente pelo caminho.

Um episódio saboroso e hilário, incluído em "O rio Aquidauana", revela, no entanto, melhor do que os anteriores, a reação dos soldados brasileiros diante do monstro antediluviano. Esse novo incidente com uma sucuri durante a Guerra do Paraguai ocorreu um ano após a estada do Visconde de Taunay no Coxim:

> Uma vez, viajando eu, no mês de janeiro de 1867, para o belo ponto de Nioaque, que as forças expedicionárias no sul de Mato Grosso iam ocupar na sua marcha até a fronteira do Apa, parei num pouso chamado Baeta. Em companhia do meu colega da comissão de engenheiros tenente Catão Augusto dos Santos Roxo, levava o meu camarada Floriano Alves dos Santos, 12 soldados e mais de 20 índios terenas bem armados, que nos serviam de proteção naquela arriscada exploração militar, porquanto já entráramos na zona vigiada pelos inimigos paraguaios.
>
> Impossível recanto mais interessante, pitoresco, poético do que aquele pouso.
>
> [...]
>
> Arreamos à beira [de um bosquete como que cuidado por mãos de hábil jardineiro e de um regato de águas puríssimas e borbulhantes] as bagagens e cargas, e começaram os soldados a armar toldos e barracas.
>
> Eu, levado sempre pelas seduções da natureza, fui seguindo o curso do córrego, extasiado por tudo quanto contemplava naquele verdadeiro canto de grande parque inglês.
>
> Cheguei, então, a uma como que clareira e de repente senti um movimento de profundo horror.
>
> Diante de mim, vi, a certa distância, uma sucuri formando, porém, enorme rolo, que, em altura, poderia chegar aos peitos de alentado homem com a circunferência que dariam os seus braços fechados em círculo! A cabeça do monstro, comparável com a de um novilho, os olhinhos sem brilho, embaciados, descansava no alto do formidoloso cilindro.
>
> Deveras, não foi para mim um bom momento; mas, sem grande susto, fui recuando e em breve estava no meio dos companheiros. Todos

foram logo ver o bicho; contudo, por mais que instássemos, eu e Catão, nenhum soldado ou índio quis fazer fogo sobre ele.

— Qual, Sr. tenente — eu era, então, 2º tenente de artilharia — assim é muito perigoso, explicou-me um dos camaradas. A sucuri não ficaria sequer ferida e se atirava em cima de nós, que era um Deus nos acuda.

Que verdade havia nessa asseveração? Teríamos, com efeito, de sustentar como a gente de Atílio Regulo[16] combate com aquele *aproteronte*, conforme aconteceu com a serpente do rio Bragada?[17]

Afirmou-me depois o grande sertanejo José Francisco Lopes, o histórico guia da *Retirada da Laguna*, que não, e que a sucuri protegida pelas escamas, que, de fato, balas não podem perfurar, se muscaria com ligeireza para dentro do capão.

Em todo o caso, naquela ocasião demos aplicação inteira ao ditado popular *os incomodados são os que se mudam* e sem mais demora, deixando esse pouso, fomos procurar outro, arredado de qualquer bosque e um tanto longe de regatos, por mais convidativos que fossem (Taunay, 1921, pp. 28-9, grifos do autor; *ver* Anexo B).

No fundo do grande parque inglês que o Visconde de Taunay afirma ter encontrado na fronteira do Brasil com o Paraguai jaz um personagem aparentemente nada britânico, mas que poderia, talvez, habitar a imaginação dos grandes autores *nonsense* da época, como Edward Lear e Lewis Carroll: o monstro antediluviano. Depois de elogiar o hábil jardineiro que teria cuidado do bosquezinho que o seduz imediatamente, ele continua a avançar por essa paisagem poética para chegar a uma clareira onde "sente um movimento de profundo horror". Certamente, o jovem Taunay não conseguiu demonstrar a fleuma de que talvez um oficial inglês tivesse dado prova, nas mesmas circunstâncias. Creio ser essa tensão entre parque romântico e natureza selvagem, esse choque entre opostos, em suma, a marca não só desse artigo, mas também de muitas outras passagens da obra do Visconde de Taunay, inclusive dos trechos das *Memórias* que já citei. De fato, o escritor realça os recantos poéticos e pitorescos, num primeiro momento, para, num segundo momento, apresentar ao leitor aquilo que é exorbitante, terrível, como a sucuri adulta enrolada tal qual um grande cilindro, um elemento sem dúvida incomum num parque

---

[16] Marco Atílio Régulo, general romano, que também se deparou, como o jovem Taunay, com uma enorme serpente, durante uma das suas campanhas militares.

[17] Rio Bragadas (sem "s" na edição original), no norte da África.

inglês, mas corriqueiro (embora nem por isso menos assustador e indesejável) naquele recanto da fronteira selvagem entre os dois países beligerantes.

O poeta carioca que passeava por um jardim pôs, então, a máscara do militar, mas, mesmo assim, ele não se dispôs a atirar imediatamente no animal: ordenou que os soldados ou os índios o fizessem por ele. Ninguém, no entanto, ousou atirar na enorme serpente, pois todos temiam um ataque imediato dela, se fosse ferida por bala, o que poderia ser fatal para vários deles, e, diante do impasse, os militares e os índios abandonaram o local. Uma pequena vitória para a sucuri, em plena Guerra do Paraguai: ela permaneceu sossegada na sua clareira, não sabemos se fazendo a digestão, como as outras sucuris que já vimos até agora.

Mas até quando, talvez tenha se perguntado o próprio Visconde de Taunay, a serpente conseguiria viver sossegadamente nesse recanto já visitado pelos soldados do Brasil? O Visconde de Taunay, que não conseguiu abater essa sucuri, expressou o seguinte prognóstico sombrio sobre a sobrevivência dos monstros antediluvianos na era moderna: "Em todo o caso, o tipo sucuri está destinado a sumir-se da terra, em que se acha, sem dúvida alguma, deslocado. Hoje, para encontrá-lo, é preciso viajar-se muito para o interior dos sertões, tendo completamente desaparecido de regiões em que era outrora bem frequente" (TAUNAY, 1921, pp. 21-2; ver Anexo B). E propõe que sucuris sejam capturadas, vivas ou mortas, para serem depois estudadas pelos zoólogos e pelos sábios...

A cena da sucuri prestes a ser fuzilada por soldados e índios, durante a Guerra do Paraguai, lembrou-me uma imagem do livro *Kaputt*, de 1944, de Curzio Malaparte, que é uma reportagem sobre a Segunda Guerra Mundial. Foi a leitura de um ensaio de Milan Kundera sobre o escritor, jornalista e diplomata italiano, incluído no seu livro *Um encontro*, que me chamou a atenção para *Kaputt*. Reportagem horrivelmente alegre e cruel, segundo o próprio Malaparte, ela possui seis partes: Os cavalos, Os ratos, Os cães, Os pássaros, As renas e As moscas. Na segunda parte, Os ratos, ele relata as suas conversas com políticos alemães, entre eles Frank, o governador-geral da Polônia, que organizava massacres contra judeus e se dizia o rei alemão da Polônia. Durante um dos banquetes que *der deutsche König von Polen* deu nessa ocasião e do qual o autor de *Kaputt*, durante a sua estada na cidade de Cracóvia, ocupada pelos nazistas, tomou parte como convidado, num súbito devaneio, sentado à mesa, ele viu uma ave sendo fuzilada:

> Mas nesse momento a porta abriu-se docemente e em cima de uma bandeja de prata entrou o ganso assado, deitado de costas no meio de uma grinalda de batatas coradas. Era um rotundo e adiposo ganso polaco, de peito florescente, de flancos cheios, de pescoço musculoso; e, não sei por que, pensei que não fora degolado com uma faca, ao bom modo antigo, mas fuzilado junto a um muro por um pelotão da S.S. Parecia-me ouvir a seca ordem de comando, *Feuer!* E o repentino crepitar da descarga dos fuzis. O ganso certamente tombara de cabeça erguida, encarando os cruéis opressores da Polônia.
>
> — *Feuer!* — gritei com voz forte, como para compreender bem o que significava esse grito, esse som rouquenho, essa seca voz de comando, como se esperasse ouvir ressoar na sala do Wawel [Castelo de Wawel, em Cracóvia] o crepitar repentino da descarga dos fuzis. E todos desataram a rir, riam deitando a cabeça para trás, e Frau Brigitte Frank, com os olhos brilhando de alegria sensual no rosto abrasado e levemente suado, fitava-me.
>
> — *Feuer!* — gritou por sua vez Frank; e todos desataram a rir mais fortemente, com a cabeça inclinada sobre o ombro direito, e fitavam o ganso fechando o olho esquerdo como se estivessem deveras fazendo pontaria. Então eu também desatei a rir e um sutil sentimento de vergonha me invadia aos poucos, sentia uma espécie de pudor ofendido, sentia-me "a favor do ganso". Sim, sentia-me a favor do ganso, não a favor dos que apontavam o fuzil, nem dos que gritavam *Feuer!*, nem de todos aqueles que diziam: *gans kaputt!* (o ganso morreu) (MALAPARTE, 1970, pp. 74-5).

A sucuri da fronteira do Brasil com o Paraguai, ao contrário do ganso polonês, não foi degolada ou fuzilada, e, se o segundo-tenente gritou, diante da grande serpente, "fogo!", os soldados postados junto dele na clareira não descarregaram os fuzis, por mais que o jovem Taunay os instasse a fazê-lo, pois temiam, como vimos, uma reação da cobra, que, alegaram precavidamente, ter-se-ia lançado furiosa sobre eles.

Com as armas abaixadas, o grupo que negou fogo abandonou o local onde o animal deveria ter sido sacrificado, segundo ordenou o segundo-tenente, que ainda não havia se deparado, na Guerra do

Paraguai, com o inimigo paraguaio, nem com nenhum outro oponente que fosse pior do que aquele monstro, aquela abominação dos fundos sertões. Parece-me que os soldados não riram da temida serpente, mas esta, se pudesse fazê-lo, certamente teria rido muito dos incomodados que se mudaram da sua clareira, afastando-se dela para sempre. O ganso polonês, de quem o narrador de *Kaputt* sentiu pena, pois ficou, como afirmou duas vezes, a favor dele e não dos que lhe apontavam os fuzis, não pôde, em troca, certamente sorrir. Fora fuzilado muitas vezes, antes e durante o banquete. O som das risadas dos satisfeitos comensais era o som dos projéteis que continuavam a ser lançados contra ele, mesmo depois de estar morto e assado, no centro da mesa do suntuoso banquete.

***

O Visconde de Taunay menciona, no trecho citado, o grande sertanejo José Francisco Lopes, também conhecido como guia Lopes, sobre quem ele falou mais extensamente em outra obra, *A retirada da Laguna*, de 1871. O guia Lopes era homem capaz de enfrentar serpentes, e parecia não temê-las: elas só lhe causavam nojo e desprezo, a mesma reação que já manifestara o jovem Taunay em face delas.[18] Em todo asco por animais, conforme Walter Benjamin o disse num aforismo, "a sensação dominante é o medo de, no contato, ser reconhecido por eles. O que se assusta profundamente no homem é a consciência obscura de que, nele, permanece em vida algo de tão pouco alheio ao animal provocador de asco, que possa ser reconhecido por este" (BENJAMIN, 2000, p. 16), comentário irônico que Agamben glosou: "Isso significa que quem prova asco, de algum modo se reconheceu no objeto de sua repulsa, e teme, por sua vez, ser reconhecido por ele. O homem que sente asco reconhece-se em uma alteridade *inassumível*, ou seja, subjetiva-se em uma absoluta dessubjetivação" (AGAMBEN, 2008, p. 111, grifo do autor).

[18] O biólogo Edward O. Wilson aparentemente não tem nada a dizer sobre o assunto, na sua obra *Diversidade da vida*, já citada por mim, pois se limita a reproduzir platitudes, como: "As pessoas sentem ao mesmo tempo aversão e fascínio por cobras, mesmo quando nunca viram uma ao natural. Na maioria das culturas, a serpente é o principal animal selvagem do simbolismo mítico e religioso" (WILSON, 2912, p. 438).

A sucuri, portanto, deverá ser uma imagem especular mais complexa do que a formiga-leão, com a qual o Visconde de Taunay logo simpatizou, conforme ele deixou isso expresso nas suas *Memórias*, a qual discuti anteriormente.

O guia Lopes conhecia, à parte o asco, muito bem as sucuris, e sabia qual era o pronto fraco dessas enormes serpentes:

> Aliás, motejava esse Lopes do susto por que tínhamos passado.
>
> Mereciam-lhe as sucuris só nojo e desprezo. Uma vez fora enlaçado na coxa por uma delas, mas, sem perder um minuto o sangue-frio, soubera logo e logo libertar-se do laço. Tirara a faquinha (o seu *Kissé*, dizia ele) e, levantando uma das escamas, fizera uma picadinha na carne do assaltante. Tanto bastara para que o animal sem detença se raspasse, não esperando por mais nada.
>
> Parece, com efeito, que simples alfinetada dada por uma criança serve para imediatamente se desembaraçar de tão horrendo amplexo (TAUNAY, 1921, pp. 39-40, grifo do autor; ver Anexo B).

Não é um fuzil, então, a arma com a qual se deve enfrentar as sucuris, mas o alfinete, um pequeno instrumento doméstico que também as mulheres e as crianças saberiam perfeitamente manejar. Pois, dito como o foi pelo sertanejo que sobreviveu ao ataque de uma sucuri, o alfinete seria tão ou mais eficaz do que a ponta de uma faca para nos livrar do abraço mortal da sucuri, que não suporta uma "simples espetada" na sua pele. Ocorre que somente poderá levantar uma de suas escamas para introduzir ali o alfinete, como a irônica noção de abraço já o indica, alguém, adulto ou criança, que tenha nesse momento a própria sucuri fortemente enlaçada no seu corpo. Caso a serpente esteja adormecida, fazendo a digestão, a ação de alfinetá-la terá perdido a função, mas, mesmo assim, se alguém ainda quiser fazer um teste, ela reagirá talvez levantando inicialmente uma cabeça sonolenta.

Os soldados brasileiros preferiram, conforme vimos, não arriscar fazer nenhuma experiência com o monstro antediluviano. E, sãos e salvos, ficaram esperando os inimigos paraguaios, que continuavam não dando as caras por aquelas paragens ermas.

***

Vimos que o Visconde de Taunay afirmou que essas cobras, consideradas as maiores do mundo, "atingem proporções que as tornam entes deslocados na natureza proporcional do nosso globo", avaliando-as, portanto, como uma aberração, pois a natureza é sempre harmoniosa no todo. Assim, a sucuri mato-grossense estaria fora de lugar na natureza, e, como tal, ela não deveria nos causar senão espanto e consternação. O fato de serem, segundo o autor, ao lado dos rinocerontes, dos hipopótamos e dos elefantes, "tipos sobreviventes dos períodos antediluvianos", explica certamente por que elas nunca passam desapercebidas e estão sempre estimulando a imaginação dos homens dos "sertões fundos e pouco explorados", que as elegeram como tema de ficções orais que deleitaram o escritor: "De sucuris contam-se as histórias mais estupendas. Dizem que o ronco ou grito é de extraordinário estridor, ouvindo-se a distâncias pasmosas" (TAUNAY, 1921, p. 19; ver Anexo B). Porém, não pôde o autor comprovar, durante a sua estada na província de Mato Grosso, se a sucuri (chamada ali de minhocão) teria de fato voz, como a sucuri cósmica paraguaia, embora os sertanejos insistissem, ao conversar com ele sobre o assunto, que os uivos dessa cobra eram tão colossais quanto o seu tamanho e enchiam de pavor toda a natureza. Ele até chegou a ser despertado, certa noite, para ouvir certos sons de origem misteriosa: "Uma vez, o velho guia Lopes acordou-me para fazer escutar a algazarra (assim chamou ele) do minhocão; mas viu-se levado a concordar comigo que os silvos e o estrondo chegados até nós, aliás um tanto amortecidos pela distância, eram produzidos pelo vento na mata próxima, sendo a nossa barraca comum sacudida na ocasião por grandes lufadas" (TAUNAY, 1921, p. 31; ver Anexo B).

Outra crença popular naquela fronteira, registrada pelo escritor, afirma que as grandes cobras, e não só as sucuris, são ávidas de leite, "levando umas a astúcia a ponto de introduzirem, alta noite, a extremidade da cauda na boca das crianças recém-nascidas, enquanto elas, muito de manso e sorrateiramente, chupam à tripa forra os seios das mães ou amas adormecidas" (TAUNAY, 1921, p. 31; ver Anexo B). E acrescenta um dado sobre as jararacas, o que me fez recordar de algumas cenas que li num romance de Ernst Jünger, sobre o qual falarei a seguir: "Afirmam que até as jararacas preguiçosas ficam deveras espertas, quando sentem o cheiro do leite, buscando-o com imensa sofreguidão, repentinamente ágeis nos seus movimentos (TAUNAY, 1921, p. 31; ver Anexo B).

Em *Nos penhascos de mármore*, de 1939, de Ernst Jünger, narra-se, em primeira pessoa, a luta que o anônimo protagonista (um sábio) trava, ao lado de outros personagens, contra as forças da barbárie, clara referência à tirania nazista e a outros totalitarismos do século XX. No eremitério em que o narrador vive com o irmão, dedicam--se ambos à botânica, e costumam passear entre serpentes, que são ali animais domésticos. Segundo o crítico Antonio Candido, num ensaio que precede a edição brasileira desse romance simbólico, essas serpentes poderiam ser uma reminiscência ou evocação das cobras que o escritor alemão efetivamente vira no Brasil, sobretudo no Instituto Butantan, em São Paulo, durante a visita que ele fez ao nosso país em 1936. As serpentes do eremitério são as famosas e perigosíssimas jararacas, as quais, como afirmou o Visconde de Taunay, são grandes apreciadoras de leite, dado que o romance de Jünger, aliás, confirma, em vários momentos. No entanto, a primeira imagem delas no romance é muito diferente da que temos aqui no Brasil, pois, ao atravessarem o Atlântico, elas se tornaram aparentemente cobras pacíficas:

> Não tínhamos nenhum receio desses animais, que habitavam em grande número as fendas e gretas do eremitério. Antes, nós nos encantávamos de dia com o seu brilho fulgurante e de noite com o silvo sonoro e delicado com que se faziam acompanhar em sua corte amorosa. Amiúde, passávamos sobre eles com as vestes ligeiramente suspensas e os afastávamos do caminho com os pés, se porventura estivéssemos recebendo uma visita que se atemorizasse. Mas sempre segurávamos as mãos de nossos convidados, quando percorríamos o trilho das serpentes, e diversas vezes notei que eles partilhavam conosco a sensação de liberdade e segurança que aquele caminho oferecia (JÜNGER, 2008, p. 30).

Sem dúvida mais apreciadas e valorizadas do que as selvagens jararacas da fronteira do Brasil com o Paraguai, essas jararacas domesticadas, no entanto, como todas as cobras, a nos fiarmos no que afirmou o Visconde de Taunay no fragmento acima, também apreciavam leite, que bebiam, contudo, como condizia com a sua atual condição, numa tijelinha de prata que a velha cozinheira lhes servia, diante da cozinha escavada num rochedo. Eram inofensivas, mas, no final do livro, quando os agressores invadem o eremitério, um centro espiritual e intelectual agora totalmente cercado pela barbárie, elas se erguem verticalmente e atacam ferozmente os cães e os homens do tirano que ousaram penetrar no seu até então pacífico território:

> [...] Uma luz intensa irrompeu no brilho azul do jardim e, fulgurantes, as jararacas abandonaram as suas gretas. Elas deslizavam sobre os canteiros como reluzentes cordões de acoite, e o seu movimento revolvia as pétalas das flores. Ergueram-se então lentamente até atingirem a altura de um homem, formando um círculo dourado no chão. Balançavam a cabeça em pesados movimentos pendulares, e os dentes, que se preparavam para o ataque, cintilavam letalmente, como sondas feitas de um vidro encurvado. Durante essa dança um sibilo suave cortava o ar, como o do ferro em brasa que se esfria n'água, e podia-se ouvir uns estalidos córneos nos canteiros, semelhantes às castanholas das dançarinas mouras.
>
> Envolvida por essa dança de roda a malta da floresta quedou-se petrificada, com os olhos arregalados de pavor. [...]
>
> Essa foi a senha para que o grupo das dançarinas avançasse sobre as suas presas. Juntas, elas formavam um círculo dourado de trama tão cerrada, que um único corpo escamoso parecia envolver os homens e os animais. Soava igualmente único o grito de morte que escapava dessa rede apertada, sufocada pela força do veneno. Em seguida, o cintilante emaranhado se desfez, e as serpentes retornaram às suas fendas num movimento tranquilo (JÜNGER, 2008, pp. 160-1).

Quando as jararacas se afastam, os canteiros do eremitério ficam cobertos de cadáveres inimigos. Contudo, mesmo assim, a barbárie acabará vencendo a luta contra o eremitério.

Não me parece, porém, que essas jararacas (sul-americanas?) que defenderam a civilização (europeia?) possam ser comparadas aos animais descritos por Primo Levi no seu conto "Pleno emprego", que comentei no capítulo anterior. A partir de um tratado de não agressão feito com abelhas, formigas e formigas-leões, o sr. Simpson, vendedor de engenhocas tecnológicas, acabou conseguindo formar, em sua chácara italiana, um exército de insetos bem treinados e leais, conforme vimos, cujo comandante em chefe era ele próprio, além de ser também o maior beneficiário da impecável atuação dos seus subordinados num ambiente de alta tecnologia, como o é o da indústria eletrônica de que ele era representante. Porém, ao contrário do exército de jararacas do eremitério, um centro civilizatório, os insetos domesticados do conto de Primo Levi tornaram-se operários satisfeitos, que trabalhavam vinte horas por dia, constituindo mão de obra barata e abundante. Por tudo isso, a chácara do sr. Simpson tem mais a ver com o modo de operação das grandes empresas capitalistas, com batalhões de operários, do que com um centro de saber, como o eremitério de *Nos penhascos de mármore*. As serpentes, como observou Antonio Candido, podem ser, no romance de Jünger, não apenas animais favoráveis, mas também defensores do que é justo.

No texto do Visconde de Taunay, no entanto, as serpentes, sobretudo as grandes, são apenas nojentas e desproporcionais, verdadeiros monstros antediluvianos, e a guerra contínua e tenaz dos homens contra elas, conforme ele reconhece, fará com que um dia desapareçam da face do globo. Mas serão as sucuris da fronteira do Brasil com o Paraguai tão nocivas assim aos sertanejos e aos soldados a ponto de merecerem apenas balas e facadas?

Ou deveríamos antes acreditar que a explicação final realmente estaria, como, aliás, já propus, no prazer perverso de poder, depois do sacrifício, abrir-lhe o ventre, como se este fosse um saco cobiçado, e expor o seu conteúdo, que não será realmente nunca agradável, pelo menos para quem habita no lado brasileiro da fronteira? Para quem está do lado paraguaio, estrelas, enchentes e animais vivos poderão saltar do ventre da sucuri, segundo Roa Bastos.

***

Ao buscar antecedentes na mitologia e na história antiga para a luta dos homens contra as grandes cobras, o Visconde de Taunay, depois de fazer referência, através de Virgílio, à Guerra de Troia e de citar as duas serpentes marinhas que estrangularam Laocoonte e os seus dois filhos, chega, por meio de escrupulosa pesquisa, cujos passos ele deixa registrados no artigo, ao combate histórico, nas costas da África, do exército do general romano Marco Atílio

Régulo contra um monstruoso ofídio, durante o qual muita gente teria perecido. O historiador Tito Lívio deixou um registro desse combate, mas este infelizmente se perdeu. A serpente africana era tão colossal que, segundo Valério Máximo, um autor que comentou o texto de Tito Lívio, impediu que o exército se aproximasse do rio Bragada, revelando-se, nessa ocasião, mais terrível do que a própria Cartago. Não deixa de ser cômica a observação estapafúrdia que o Visconde de Taunay acrescenta à apresentação desse episódio fantástico da Primeira Guerra Púnica (264-241 a.C.), que opôs Cartago à República de Roma: "Exceção feita da terrível luta que custou a vida a tantos homens, não foi o que nos aconteceu com a nossa sucuri, levando-nos imperiosamente à imediata mudança de acampamento?" (TAUNAY, 1921, p. 27; ver Anexo B).

Não há resposta, em suma, no artigo do Visconde de Taunay, para a tentativa de eliminação dessa e de outras sucuris. O parque inglês não seria, talvez, um lugar adequado nem para esse tipo de serpente, que milagrosamente, ou por covardia dos soldados, escapou com vida... Da perspectiva do Visconde de Taunay, a sua eliminação equivaleria, à falta de melhor explicação (estamos girando em torno das falsas explicações, das explicações inconsistentes), ao desejo de passar a borracha no único detalhe malfeito de um desenho sublime, a fim devolver ao quadro natural a harmonia do todo, onde, aparentemente, nada do que existe deveria estar fora do lugar ou poderia ser considerado desproporcional em relação ao conjunto. Ora, as sucuris da província de Mato Grosso são o que há de mais desproporcional na natureza...

No artigo do Visconde de Taunay, "O rio Aquidauana", a decisão aparentemente gratuita de eliminar a sucuri, pedindo que os soldados abrissem fogo contra ela, talvez não significasse mais do que um anseio por passatempo. Aliás, passatempo sem consequências, a que os militares gostariam de se entregar alegremente, para debelar o tédio. Ainda não haviam tido a oportunidade de deparar com nenhum inimigo, naquele esquecido confim do Império do Brasil.

***

Vimos que o extraordinário estômago da sucuri sempre atraiu a atenção dos sertanejos e dos militares, e que o conteúdo desse estômago seria um dos motivos, sugeridos acima, para matar a referida serpente. Segundo o Visconde de Taunay, dentro de uma cobra adulta alguns homens do sertão teriam encontrado, certa vez (ele não estava presente para testemunhar), um veado e dois porcos do mato... Nesses e em outros relatos, às vezes francamente fantásticos, como os do escritor Roa Bastos, a serpente parece estar reduzida a um tubo estirado no chão, não sendo mais do que uma boca, um estômago e um ânus.

Aliás, tão ou mais intrigante do que o quase infinito estômago da sucuri é o seu ânus, assunto sobre o qual o Visconde de Taunay teceu algumas considerações, elevando-o a tema digno do maior interesse. Diz-se que a larva da formiga-leão é destituída desse orifício, enquanto que o da sucuri não se parece com nenhum outro de que se tenha conhecimento. Vejamos, então, o que o memorialista foi capaz de afirmar sobre o assunto.

Inicialmente, em nota de rodapé, o nosso naturalista amador menciona os dois colchetes ou ferrões que essas grandes cobras, segundo os estudiosos, teriam em torno do ânus, o que o faz declarar: "[...] pois bem, esta particularidade *vi* e *observei* em diversos exemplares de sucuris" (TAUNAY, 1921, pp. 23-4; ver Anexo B). Ele não nos esclarece, entretanto, onde e quando viu exatamente os "diversos exemplares de sucuris" a que faz alusão na passagem citada. Aparentemente, não foi na fronteira do Brasil com o Paraguai.

Perto do fim do artigo, ele volta ao tema, para observar que esses dois apêndices são algo mais intrigante do que a suposta voz da sucuri: "[...] Maior perplexidade ainda reina quanto à serventia dos ferrões ou colchetes que esses animais têm de lado e de outro do ânus, ferrões de uma polegada ou polegada e meia de comprido, longos na base e agudos como espinho na ponta, amarelos e pretos e de consistência dura, córnea (TAUNAY, 1921, p. 31; ver Anexo B).

Para os sertanejos, os colchetes anais servem de ponto de apoio à sucuri quando ela enrosca a cauda numa árvore ou rocha, preparando-se para dar o bote. É uma arma de guerra, por assim dizer, que a estabiliza melhor antes de ela se lançar sobre a presa e se enrolar no seu pescoço, como ela teria feito com um touro, incidente que mencionei atrás.

O Visconde de Taunay, porém, sempre fiel à sua visão evolucionista, à qual já tive oportunidade de me referir aqui, prefere compreensivelmente outra explicação para essa inusitada arma das sucuris, já estudada pelos zoólogos, além de muito comentada, é claro, entre os homens do sertão: os colchetes seriam órgãos atrofiados, "como que singelo assinalamento de aparelho posterior de locomoção que desapareceu, sendo tais ferrões a indicação rudimentar do fêmur ou do tarso" (TAUNAY, 1921, p. 32; ver Anexo B). São muito mais "enfeite" do que arma, portanto.

As longas mandíbulas que a larva da formiga-leão (um inseto imaturo) possui não poderiam, acrescento agora, ser comparadas (o Visconde de Taunay jamais o fez, tanto nas *Memórias* quanto em "O rio Aquidauana") aos ferrões da grande sucuri (uma cobra adulta), pois não apenas se distinguem pela localização como, sobretudo, por suas respectivas funções, que seriam muito diferentes entre si — arma num caso, enfeite no outro, segundo o nosso naturalista amador.

Nunca é demais lembrar, para encerrar este capítulo, que à larva da formiga-leão falta o ânus, mas sobre isso o Visconde de Taunay não teceu comentários nas *Memórias*, por desconhecer o fato ou por não tê-lo considerado digno de atenção. Hoje em dia, essas informações estão amplamente divulgadas, em português e outras línguas, na internet, onde, além disso, se podem assistir a vídeos que mostram as armadilhas da larva e o seu ataque às presas, sobretudo formigas.

Se o Visconde de Taunay não disse tudo sobre a larva, em troca, no seu artigo "O rio Aquidauana", ele se dispôs a falar francamente do que descobriu ao observar as sucuris dos fundos sertões, da cabeça aos seus ferrões ou colchetes anais, sem descuidar do conteúdo do seu enorme "ventre".

O BURRO, OS CAVALOS, AS MUQUIRANAS ETC.

No capítulo XI da Terceira Parte das *Memórias*, que, diferentemente dos demais, tem um título — "Campanha de um burro" —, o Visconde de Taunay conta que, durante a "interminável parada" em Campinas, ele costumava passear pelas ruas dessa cidade numa "besta tordilho-queimada", sob os olhares das "belas". Na véspera da partida para a província de Mato Grosso, contudo, o zeloso soldado que cuidava da sua cavalgadura, à qual o engenheiro militar dera o nome de D. Branca, desertou de madrugada, levando consigo a besta alta e esbelta. Um sujeito "vestido à mineira" lhe oferece então um animal excelente, embora feio, que certamente, conforme argumentou, o levaria a Mato Grosso e de lá o traria de volta: o próprio burro em que ele viera montado. O dito burro tinha o focinho malfeito, narinas demasiado abertas e orelhas compridas, além de um pelo de rato, sempre rebelde à escova e escuro do lado da cabeça, nas pernas e nos pés.

Montado no burro, o jovem Taunay finalmente juntou-se aos camaradas:

> E eis-me afinal, depois de horas de verdadeira angústia, a caminho, encontrando por toda a estrada vestígios da desordem que presidia a esta primeira marcha, soldados atrasados, cargueiros em disparada ou a pastarem ao lado das bagagens arrombadas, e fardos estripados, um mundo de mulheres e crianças por toda a parte, encetando às tontas penosa e longínqua viagem, carros e animais atolados, enfim todas as mostras da falta de um complexo de providências bem combinadas e ativamente fiscalizadas até a completa e boa execução.
>
> Ia eu pensando em tudo isto e na diversidade dos dias, tão diferentes uns dos outros. Na véspera, com efeito, tanta alegria, tanta animação!... (TAUNAY, 2005b, p. 171).

O burro que substituiu o bom animal perdido chamava-se Paissandu, e o segundo-tenente ficou satisfeito com a sua andadura e vivacidade, embora ele girasse às vezes de forma abrupta e rápida nas patas traseiras, atirando o jovem Taunay no chão. "Sem maior novidade foi ele prestando serviços até o Coxim", conta o memorialista, "mostrando mais qualidades do que defeitos, ainda que sempre disposto a me dar a pouco agradável novidade de ir subitamente ao chão, quando menos cuidava." E a seguir ele destaca um traço curioso do agir do simpático Paissandu, que certamente o torna único entre os animais que o Visconde de Taunay encontrou durante à viagem até a fronteira do Brasil com o Paraguai: "Confesso, porém, que não se afastava muito, esperando com toda a longanimidade que eu cavalgasse de novo" (TAUNAY, 2005b, p. 172). Aparentemente, de vez em quando, e não nos piores trechos da marcha, traço que revela a sua boa índole e a sua grande consideração pelo escritor, ele gostava de ver o seu dono de papo para o ar, como comenta o saudoso Visconde de Taunay.

Porém, a maior prova da sua valentia foi transportar o engenheiro militar até os Morros,[1] que ficavam além dos pantanais quase intransponíveis que se estendiam a partir do Coxim, na região de fronteira que as forças de Mato Grosso deveriam ocupar e defender até o rio Apa, na divisa entre os dois países em guerra. "Era, como cavalgadura, inexcedível quando tinha de transpor lamaçais, caldeirões, rios e vaus e outros tropeços dos longos e nunca, nunca, tratados caminhos do interior" (TAUNAY, 2005b, p. 174).

Sobretudo, o burro era muito mais saudável e muito mais resistente do que os outros animais, pois "No Coxim começou a lavrar terrível epizootia — *peste de cadeiras* — [...], e quando todos os cavalos, bestas e burros morriam logo do primeiro assalto da enfermidade e aos centos, Paissandu mostrava-se gordo e bem disposto" (TAUNAY, 2005b, p. 172). Graças à sua saúde de ferro, o burro chegou a Bela Vista, na fronteira, e lá se empanturrou de abóboras, ficando com a barriga imensa, qual uma sucuri, podemos concluir. Houve então a invasão do Paraguai até Laguna, uma fazenda de Solano López,[2] mas, pouco depois, por falta de víveres e munição,

---

[1] Morros: planalto da Serra de Maracaju em que estavam refugiados os habitantes da vila e do distrito de Miranda, desde a invasão paraguaia daquela região, em 1865.

[2] Em *A retirada da Laguna* somos informados de que a fazenda Laguna, a cerca de quatro léguas de Bela Vista (na margem brasileira do Apa), era propriedade do presidente da república e destinava-se à criação de gado. Corria o boato, entre os famintos brasileiros,

como o Visconde de Taunay contou em *A retirada da Laguna* (obra escrita em francês e publicada em 1871, em sua versão definitiva),[3] a coluna teve de empreender a dolorosa retirada, durante a qual os doentes foram sendo abandonados pelo caminho, em meio à maceca em chamas.[4]

Paissandu não apreciava tiroteios, como compreendeu o segundo-tenente, e por isso teve de ser substituído por um cavalo: "De cada vez que o queria levar ao fogo, mostrava-se rebelde, empacador e em extremo duro de queixo, [...]. Como no dia 8 de maio [de 1867] tomáramos ao inimigo alguns cavalos, escolhi um dos melhores, e cavalgando-o entreguei Paissandu ao camarada de Catão Roxo" (TAUNAY, 2005b, p. 173).

Paissandu, lamentou sinceramente o escritor, não voltou jamais para o Brasil:

> No dia 9, dando-se forte canhoneio, assustou-se o burro mais do que convinha, esticou quanto pôde a corda, conseguiu desembaraçar-se do cabresto e disparou, todo assombrado, pelo campo afora. Dali a nada, eu mesmo vi um cavaleiro paraguaio atirar-lhe o laço, fazê-lo estacar e, apesar das balas, levá-lo como boa e legítima presa.
>
> Foi a última vez que pus os olhos em Paissandu. Acredito, contudo, que os seus trabalhos de guerra ainda continuaram, modificado de modo bem sensível o tratamento que merecera até o dia fatal do seu aprisionamento em combate. Pelo menos lhe resta esta glória (TAUNAY, 2005b, p. 173).

Aqui é preciso acrescentar, para sermos justos, que outros animais brasileiros de grande porte também detestavam tiroteios de qualquer espécie, tal como o bravo Paissandu. A boiada que acompanhava a coluna expedicionária não tolerava combates. Certa feita, durante a retirada da Laguna, os brasileiros já haviam regressado à província de Mato Grosso quando foram surpreendidos por vigoroso ataque do inimigo. Os animais entraram em pânico:

de que havia ali numeroso rebanho... Mas só encontraram no local uma choupana de palha, que os paraguaios não se deram ao trabalho de queimar, ao se retirar dali.

[3] O Visconde de Taunay dominava muito bem o francês, por tradição de família, e escreveu *A retirada da Laguna* nessa língua, porque esperava que a narrativa, talvez a sua melhor obra, fosse lida na Europa.

[4] O livro narra, como se percebe, um episódio menor da sangrenta Guerra do Paraguai, mas nem por isso menos cruel e assustador.

"As reses, aterrorizadas com o estrépito do canhoneio (o mais forte ouvido até então), abriram passagem por entre peões e soldados e precipitaram-se sobre as fileiras, especialmente na retaguarda, mais próxima do curral" (TAUNAY, 1997, p. 143). Tentou-se logo reunir os animais, que corriam assustados pelo campo, mas depois, conforme se lê em *A retirada da Laguna*, a boiada foi considerada perdida e o corpo de exército ficou completamente sem víveres.

***

No dia 22 de fevereiro de 1866, quando completou 23 anos, o jovem Taunay alcançou a fazenda do rio Negro, onde acampou num rancho desmantelado, mas pouco tempo ele e os companheiros permaneceram ali. Aproximaram-se então mais do rio Negro, de águas turvas e intumescidas e bordas lodacentas, em cuja margem eles tiveram de passar a noite trepados em árvores. Encontraram, nessa insuportável paragem, inimigos implacáveis: nuvens e nuvens de mosquitos e pernilongos. "Havia uns, os pernilongos chamados de *cervo*, cujo feroz aguilhão atravessava as roupas mais compactas, chegando até a varar a baeta", conta o memorialista. Nada nem ninguém estava naturalmente a salvo desse feroz ataque, às margens daquela corrente quase a transbordar que eles deveriam transpor em breve: "Os nossos animais, exasperados com as ferroadas dos mosquitos, haviam rompido tudo, cabrestos e sogas, e disparado para trás até encontrarem local menos inóspito e doloroso" (TAUNAY, 2005b, p. 237).

Certa ocasião, também no início de 1866, o jovem Taunay andava a cavalo explorando essa região, quando avistou por acaso um jabuti na mata e o levou de barriga para cima para o acampamento, pois os soldados haviam elogiado muito, segundo ele próprio ouvira, a sua carne e principalmente o sabor do fígado. Ao provar do fígado gorduroso da caça, porém, opinou que era detestável e incomível, para usar expressões suas. Ao escrever sobre isso nas *Memórias*, o Visconde de Taunay narra algo realmente impressionante:

> Tirando da minha presa o coração, simplesmente, sem mais víscera alguma, e suspendendo-o num galhinho de arbusto, verifiquei que bateu

com a maior regularidade horas inteiras, dilatando-se e contraindo-se com toda pausa e energia.

No dia seguinte continuava a mexer-se. Os membros mutilados e aderentes à couraça do mesmo modo tinham movimentos violentos como que buscando no ar pontos de apoio necessários à desejada e ainda possível fuga! (TAUNAY, 2005b, p. 241).

Dessa visão da carcaça do jabuti o jovem militar poderia ter extraído uma lição que, mais tarde, em 1867, durante a invasão do Paraguai, ter-lhe-ia sido certamente muito útil, quando o corpo de exército, sem mantimentos nem munições, regressava ao Brasil, em meio a campos em chama e a uma epidemia de cólera, implacavelmente perseguido pelos soldados paraguaios. Apesar de ser uma imagem grotesca, a carcaça do lento animal lhe mostrou, quero acreditar, que a fuga era um recurso desesperado (uma última esperança) do qual ele, o jabuti, mesmo estraçalhado e morto, não podia abrir mão, de jeito nenhum. E tampouco os miseráveis e maltrapilhos soldados brasileiros, que, no entanto, deixaram para trás, à mercê dos inimigos, os camaradas doentes que já não podiam se locomover.

***

Durante a sua longa estada nos Morros, a partir de março de 1866, um planalto umbroso da Serra de Maracaju, o segundo-tenente ainda não havia se deparado com o invasor (parece que, até essa ocasião, vira inicialmente apenas um cadáver paraguaio, o qual, após ser mutilado pelos índios, fora atirado aos urubus), embora os soldados de Solano López rondassem por ali.[5] Assim, sem deparar diretamente com o inimigo (chegou a ouvir as vozes das rondas paraguaias), o segundo-tenente Taunay foi se aproximando da fronteira do Brasil com o Paraguai, e, nessa faixa de terra disputada pelos dois países beligerantes, onde a natureza era "virgem, desde séculos e séculos", ele teve contato com novo tipo de inseto, que, diferentemente da larva da formiga-leão, não atacava formigas, mas os grandes animais e o gado, sem poupar os seres humanos:

[5] "O território, desde os pantanais do Coxim até à fronteira do Apa de um lado, e de outro, isto é, de O. a E., desde o rio Paraguai até aos campos de Camapuã e Vacaria, ficara entregue aos paraguaios" (TAUNAY, 2005b, p. 257).

> Lembro-me da dor agudíssima que certo dia me deu a ferroada de grande mutuca, amarela, cor de ouro. Urrei, pulei, atirei-me ao chão, tendo, entretanto, a feroz alegria de esmagar nos dedos aquele terrível inseto que voa em rodopio e de que se temem em extremo os animais e o gado.
>
> Abundam no Paraguai e vi burros e cavalos estremecerem e se debaterem agonizantes, literalmente cobertos desses odientos sugadores.
>
> Ao recordar-me do que me sucedera nos Morros com uma única dessas moscas condoía-me dos atrozes sofrimentos que deviam estar suportando aqueles desgraçados entes, tão atribulados ainda antes de exalarem o último suspiro (Taunay, 2005b, p. 249).

Os índios de Miranda também se abrigaram nos Morros, subindo a Serra de Maracaju junto com a população fugitiva.[6] O número de índios era muito maior que o de brancos, mas, como observou o memorialista, a boa paz sempre presidiu as relações de todos. "Certos índios haviam conseguido verdadeira especialidade na pega de reses para o corte", conta o Visconde de Taunay, ao comentar a relativa abundância de víveres no acampamento improvisado (alguns índios fabricavam ali até rapaduras), e acrescenta: "Chegavam a levar oito, e mais, cabeças de gado bravio, tendo sempre a cautela de apagarem as pegadas" (Taunay, 2005b, p. 258).

***

Aqui cabe fazer um reparo. Como antropólogo amador, o jovem Taunay deixou uma contribuição mais sistemática, a meu ver, do ponto de vista "científico", do que como zoólogo ou botânico, embora tenha feito, como vimos até agora, uma série de belas descrições de animais, grandes e pequenos, e de bosques e rios. O livro *Ierecê a guaná*, do Visconde de Taunay, organizado por mim e publicado em 2000, reúne, por exemplo, além da novela que dá título ao volume e na qual o escritor recria o romance que teve com uma bela indígena de Mato Grosso, um expressivo vocabulário de termos guanás, além de breves observações etnográficas sobre os índios do distrito de Miranda.

---

[6] "Guanás, quiniquinaus e laianos intimamente se uniram com a população fugitiva; os terenas isolaram-se e os cadiuéus (guaicurus) assumiram atitude infensa a qualquer branco, ora atacando os paraguaios na linha do Apa, ora assassinando famílias inteiras, como aconteceu com a do infeliz Barbosa Bronzique, no Bonito" (Taunay, 2005b, p. 255).

Se por um lado o engenheiro militar estudava a natureza (dedicava aparentemente tempo tanto à observação das plantas quanto dos animais), por outro lado ele assumia o seu amadorismo e a quase total falta de conhecimento na área das ciências naturais: "Herborizando por minha conta e risco, sem método nem programa, desenhando no meu álbum flores que pareciam características da região, secando e imprensando algumas, mais como recordação do lugar do que para qualquer outro fim, achei como ocupar também de modo bastante agradável muitas horas bem lentas" (Taunay, 2005b, p. 207).

Foi nessa ocasião, de contato intenso com a natureza e com os índios, que o jovem Taunay explorou pela primeira vez a margem direita do rio Aquidauana, cujos encantos ele longamente descreveria no seu artigo "O rio Aquidauana", que comentei no capítulo anterior.

***

O idoso comandante em chefe Fonseca Galvão adoeceu e veio a falecer em junho de 1866, sem nunca ter enfrentado em combate o inimigo paraguaio; foi enterrado, com as devidas honras militares, às margens do rio Negro. "Como, porém, às coisas mais solenes sempre se apega algum episódio ridículo", conforme o Visconde de Taunay sentenciou nas *Memórias*, "deu-se incidente que, pelo menos, fez sorrir a não poucos e um tanto desanuviou as frontes". O major que deveria fazer o discurso necrológico só conseguiu repetir três vezes a frase: "Senhores... a morte...", após o que se ocultou no grupo de onde havia saído. Outro orador, porém, irrompeu diante de todos: "Com gesto largo e a maior convicção do mundo bradou: 'Senhores, abundo nas eloquentes palavras que acaba de proferir o meu ilustre chefe e amigo!', e triunfante, como se acabasse de produzir obra-prima oratória, voltou ao seu lugar" (Taunay, 2005b, p. 280).

Assumiu a chefia, a partir de então, o coronel Carlos de Moraes Camisão, de quem o jovem Taunay faria retrato pouco lisonjeiro em *A retirada da Laguna*, lembrando que ele, antes de substituir o falecido comandante em chefe, teria tomado parte no episódio que redundara no abandono da fortaleza de Corumbá, a principal cidade comercial de Mato Grosso (ela fora tomada e pilhada pelos paraguaios em de dezembro de 1864) — essa retirada precipitada era considerada por todos os militares brasileiros um ato de fraqueza.[7] Nas *Memórias*, porém, o escritor é mais benévolo ao apresentar o novo comandante, qualificando-o de homem sério e digno. "De gênio concentrado e impassível, vivia abatido ao peso da acusação de covardia", conta o memorialista, para reafirmar, no entanto, que "Desde o início nos inspirou simpatia e estima" (TAUNAY, 2005, p. 302). Não deixa, porém, de também fazer-lhes críticas, finalmente admitindo, por exemplo, a natureza apática e morosa do seu caráter...

O resto da história — a marcha para a fronteira do Paraguai, em 1867; a visão da fronteira; a passagem do Apa; a primeira escaramuça com os paraguaios; a escassez de mantimentos; a marcha para Laguna; o assalto e a tomada do acampamento paraguaio da Laguna; a contramarcha; as escaramuças e os combates com a cavalaria paraguaia (ela cercara totalmente o corpo de exército); a passagem do Apa; o retorno ao território brasileiro; o ataque vigoroso dos paraguaios; o incêndio do campo; o inimigo toma a dianteira; faltam víveres; as escaramuças incessantes; o inimigo é repelido; a marcha é retomada; a fome se manifesta; a epidemia de cólera; reaparece o inimigo; abandono dos doentes;[8] continua a marcha; chegada às margens do Miranda; o inimigo não se aproxima, para evitar o contágio da cólera;[9] passagem do Miranda; ainda o inimigo; marcha forçada; marcha para Nioaque; o inimigo continua rondando a coluna; o inimigo desaparece definitivamen-

---

[7] "A dor deste insulto não esmorecia; sua honra militar havia sido profundamente ferida. Aceitou com fervor a oferta para comandar a expedição, vendo nela o meio para se reabilitar junto à estima pública, e nesse momento concebeu o projeto, não de se manter na defensiva, como teria exigido a razão, em vista dos parcos recursos de que podia dispor, mas de levar a guerra ao território inimigo, quaisquer que fossem as consequências!" (TAUNAY, 1997, p. 54).

[8] "Deixamos ao inimigo mais de 130 coléricos, com a proteção de um mero apelo à sua generosidade, por meio destas palavras traçadas em letras graúdas num cartaz fixado a um tronco: 'Compaixão para os coléricos!'" (TAUNAY, 1997, p. 210).

[9] O coronel Camisão, doente, tinha o corpo coberto de manchas violáceas e, apesar do torpor e da sonolência, não se cansava de afirmar que salvara a coluna. Morreu em maio de 1867 e foi enterrado na mata, sob uma grande árvore, com o uniforme e as insígnias.

te; retorno tranquilo do corpo de exército — está minuciosamente narrado de forma magistral no clássico *A retirada da Laguna*, ao qual remeto o leitor.

Acrescento apenas que a prosa das *Memórias* é invariavelmente jovial e humorada, enquanto a de *A retirada da Laguna* é sobretudo objetiva e lacônica, o que funciona muito bem, pois esse tom impassível acentua, a meu ver, o caráter alucinatório da fuga dos soldados famélicos através de um cenário que, no início do relato, fora apresentado ao leitor como soberbo e paradisíaco. Não aparecem, nesse último livro, no entanto, os inúmeros episódios saborosos e hilários que o leitor encontra, do começo ao fim, nas páginas espontâneas e digressivas das *Memórias*. Os fragmentos dessa obra, citados nos capítulos anteriores, exemplificam muito bem, acredito, a leveza da escrita tardia do Visconde de Taunay, que me parece quase sempre sedutora.

No final da vida, o Visconde de Taunay perdeu a condição de homem abastado, depois de ter sido presidente das províncias do Paraná e de Santa Catarina. Também havia sido eleito senador do Império, mas encerrou a carreira política após a proclamação da República, preferindo expressar solidariedade ao antigo regime monarquista. Nem a relativa pobreza dos últimos anos nem a grave doença que finalmente o matou (era diabético) conseguiram, porém, abalar o bom humor do robusto memorialista.

***

Ao descrever a temerária marcha em busca do inimigo, em abril de 1867, já realizada em solo paraguaio, o Visconde de Taunay afirma que ele e os companheiros iam com o "coração apertado", prevendo as desgraças que não poderiam deixar de sobrevir em breve. Num trecho das *Memórias*, ele parece reduzir o corpo de exército à dimensão de uma larva ou lagarta, jamais à de uma sucuri, para dar a exata ideia da tristeza e da inquietação geral: "Com efeito aquelas campinas ridentes, formosas e dilatadas eram tão grandes para aquela colunazinha que nelas se mexia como em minúsculo xadrez, sem encosto algum, sem apoio, isolada totalmente no meio de sertões imensos!" (TAUNAY, 2005b, p. 313).

Em *A retirada da Laguna*, o autor explica o motivo de tamanha aflição: "Três membros da comissão tentaram várias vezes descrever a verdadeira situação do corpo de exército: insuficiência de víveres, absoluta falta de meios de transporte, inexistência de uma cavalaria, pouca munição, nenhuma esperança de reforço ou socorro para um punhado de homens em país inimigo" (TAUNAY, 1997, p. 63), mas acabou prevalecendo, contra a razão, o argumento de que o corpo de exército, que nada fizera até aquele momento, tinha uma missão e devia cumpri-la a qualquer preço.

Em junho de 1867, a coluna estava de volta, mais miserável do que antes, e transpôs heroicamente o rio Miranda. Certamente foi uma façanha ela alcançar esse rio, e os paraguaios, que vinham perseguindo sem trégua os brasileiros, finalmente deram meia-volta e se retiraram da região. O jovem Taunay e os camaradas puderam enfim exclamar, como ele deixou registrado nas *Memórias*: "Salvos! Livres!".

***

No entanto, os militares estavam infestados de muquiranas, que pululavam nas suas camisas, ceroulas e meias. "Que parasito este!", exclama o Visconde de Taunay, explicando a seguir: "Produto da imundície, muito comum nas prisões e nos ajuntamentos de gente suja, anda agarrado à roupa. Se dá ferroada é com a boca, ficando presa pelas patinhas traseiras, de maneira que nunca se o agarra, a querer guiar-se pela dor aguda que causa. É preciso proceder a verdadeiras caçadas nas vestes" (TAUNAY, 2005b, p. 339).

O segundo-tenente, para vencer as asquerosas muquiranas, mandou ferver água num caldeirão que o seu camarada achou por ali, ficou nu e mergulhou "toda a roupa naquele banho de 45° cuja superfície literalmente pretejou de tanta bicharia" (TAUNAY, 2005b, p. 340). Depois que as peças secaram ao sol, ele as vestiu novamente com indizível satisfação, como deixou registrado nas *Memórias*.

CONCLUSÃO

Em junho de 1867, o corpo de exército passou algum tempo perto de um ribeirão límpido e copioso, o Taquaruçu, no sul da província de Mato Grosso. O jovem Taunay, de volta ao Brasil, já podia se considerar, a essa altura, livre tanto dos paraguaios quanto das muquiranas, porém estava completamente nu, esperando que as suas roupas, que haviam sido devidamente fervidas, secassem ao sol. Ele recorda, nas *Memórias*, que um companheiro às vezes lhe pedia que ele lhe desse um soco nas costas, porque uma muquirana estava lhe dando formidável dentada.

O memorialista afirma, ainda, que sempre tivera os cabelos bastante anelados e, contra o costume dos viajantes, os deixara crescer na colônia de Miranda, antes da invasão do Paraguai. Fora uma má ideia: "O pó da estrada, as cinzas das queimadas, a impossibilidade de penetrá-los, por falta, antes de mais, de pente, de tal modo se me havia emaranhado a cabeleira que formava uma espécie de pasta ou capacete, em que os dedos não podiam mais penetrar" (TAUNAY, 2005b, p. 339).

Disso resultou que ele só conseguiu se livrar dos piolhos que lhe enchiam a cabeça, há meses, depois de chegar ao límpido e copioso ribeirão mencionado acima: "Só no Taquaruçu foi que um soldado, improvisado em cabeleireiro e manejando péssima tesoura, me descarregou da nojenta massa, cortando-me o cabelo à escovinha, mas com os mais engraçados caminhos de rato. Pouco importava!" (TAUNAY, 2005b, p. 340).

Ao descrever a início da campanha de Mato Grosso, o Visconde de Taunay havia confessado candidamente: "Nesse tempo, tinha eu muita vaidade do meu físico, dos meus cabelos encaracolados, do meu porte, muita satisfação, enfim, do meu todo e para tanto concorriam, muito, os elogios que recebia à queima-roupa" (TAUNAY, 2005, p. 166). Quando um retrato fotográfico da comissão de engenheiros das forças destinadas a Mato Grosso circulou pelas "boas rodas" de Campinas, uma senhora da alta sociedade paulista teria exclamado: "O Taunay parece o Menino Jesus no meio dos doutores!" (TAUNAY, 2005, p. 167). Certa vez, após fazer com um colega uma brincadeira que muito o enfureceu, este disse, desabafando: "Culpa não tem você; culpa tem o governo que manda crianças para Comissões de gente séria!" (TAUNAY, 2005b, p. 169).

Misto de militar e criança, a julgar por esse testemunho, o jovem Taunay desde cedo demonstrou resistência a cortar o cabelo à escovinha. Em 1861, no Rio de Janeiro, ele assentara praça no Exército, como soldado do 4º. Batalhão da artilharia a pé, "e sem inclinação abracei a carreira das armas, já por não ter meios de me reconhecer logo cadete, como acontecia com outros companheiros, já por não me sentir com propensão para essa penosa profissão" (TAUNAY, 2005b, p. 108). Em 1863, quando fazia exercícios práticos, durante as férias, na Escola da Praia Vermelha, um capitão quis obrigá-lo a cortar os cabelos. Bastante contrariado com a insolência do capitão, o jovem Taunay tomou então uma atitude corajosa, a qual trouxe à tona tanto a sua rebeldia juvenil quanto o seu apreço inato pelos cabelos longos e encaracolados e pela boa aparência: "Recorri ao primeiro comandante e fiz-lhe ver que razoavelmente já mandara aparar o que podia parecer estranhável à severidade disciplinar" (TAUNAY, 2005b, p. 115). Depois desse sincero protesto, os cabelos do belo rapaz foram deixados em paz, na Escola da Praia Vermelha.

Os piolhos paraguaios e brasileiros, porém, durante a retirada da Laguna, conseguiram fazer, conforme vimos, com que o próprio Taunay tomasse sozinho a decisão que o ranzinza capitão da Escola da Praia Vermelha não conseguira fazê-lo tomar, em 1863, no início da sua carreira militar: cortar os cabelos à escovinha.

***

No dia 9 de julho de 1867, o segundo-tenente Taunay transpôs o rio Paranaíba e pisou a ponta aguda, como escreveu nas *Memórias*, do chamado Triângulo Mineiro. Estava cada vez mais perto do Rio de Janeiro, destino final dessa viagem de regresso, após o desastre que foi a retirada da Laguna.

Sempre avançando, viu e admirou pés de buriti, os últimos que na verdade encontrou nessa viagem, e eram tão esbeltos e elegantes que ele descreveu no livro como belíssimos: "o encanto do sertão, um dos mais formosos adornos da paisagem do interior". E acrescentou: "De certo ponto da província de São Paulo, para lá de Franca, em diante, por toda a parte veem-se os leques das donairosas palmeiras balancear, à menor brisa, os flexíveis folíolos em que se abrem, já solitários, já em compactos grupos, já espaçados com a regularidade de intercolúnios" (TAUNAY, 2005b, p. 371).

Talvez nenhum animal, afora o saudoso Paissandu, tenha impressionado tão positivamente o jovem Taunay, durante a campanha de Mato Grosso, quanto essa palmeira. Ele o disse com todas as letras: "Constitui o buriti uma das minhas maiores saudades do sertão" (TAUNAY, 2005b, p. 372).[1]

---

[1] Na abertura do seu romance mais famoso, *Inocência*, publicado em 1872, o Visconde de Taunay também tece elogios aos buritis, palmeiras sempre belas, segundo o escritor.

ANEXO A

MEMÓRIAS (CAPÍTULO XX)[1]

O mês de janeiro de 1866 foi um chover sem cessar; isto é, manhãs radiantes de sol esplêndido, meio do dia calor quase intolerável e, das três da tarde até às seis ou sete, violenta tempestade, que, por vezes, tomava visos de ciclone. Era coisa sabida, infalível, pois começava a encenação de grossas nuvens, desde pela manhã, acumulando-se, reunindo-se a pouco a pouco, tomando todo o céu e desabando vibrantes aos toques da eletricidade condensada.

Depois, noite estrelada, sem o menor floco de bruma e bastante fresca, com as estrelas a cintilar violentamente, dando até luz, tão fortes os seus cambiantes reflexos.

Ficava o ar puro e quase picante, tanto assim que eu não podia dormir na rede e ia para o meu triste e duro jirau, onde curti longas horas de insônia a pensar no futuro dessa expedição a que se achava tão intimamente ligado o meu porvir; e, decerto, não me sorriam fagueiras esperanças nem douradas ilusões.

Dias havia em que muito nos atormentavam os mosquitos, muriçocas e pernilongos, sobretudo quando falhava a trovoada; outros, não. Quase sempre, porém, durante as horas de sol em extremo nos perseguiam piuns e pólvoras, cuja picada é bastante dolorosa e impacientante.

A vida inativa que levava, as inquietações que me sobressaltavam, o mau e insuficiente passadio, as pequenas intrigas inerentes à existência em comum que tínhamos, acabaram afinal por me produzir, senão enfermidade grave, pelo menos arremedo disto. Cheguei então a supor que adquirira moléstia mortal do coração, tantas e tão insistentes eram as palpitações e pontadas que sofria, tal o mal-estar em que me achava, quando não podia dormir.

---

[1] Extraído de *Memórias*, do Visconde de Taunay, edição organizada por Sérgio Medeiros para a editora Iluminuras, São Paulo, 2005.

Consultei um dos melhores médicos da expedição, mocinho hábil e que saíra da Escola com certa reputação, o Dr. Serafim de Abreu, e ele viu naquelas perturbações e irregularidades uma *endocardite*, reumatismo no coração, notícia que ainda mais me abalou.

O certo é que no Coxim eu padecia no moral e no físico ferozmente, entregue à mais sombria melancolia, não querendo pensar na possibilidade de uma licença e na volta ao Rio de Janeiro, sitiado como me achava pelo deserto, mas crente e bem crente que ficaria sepultado naquele ermo, perdida a carreira e o alento, longe dos meus, sem abraçar os bons e saudosos pais! E quanto me doía a falta de cartas, a ignorância e a incerteza do que se estava passando na minha casa, no Brasil e em todo o mundo!

Que horas tão longas! Que dias intermináveis! Que pensamentos tão sombrios e todos convergindo para uma solução única — a morte. Quão moço, porém, me sentia para desaparecer do mundo a ver findada a parte de regalias, a que me julgava com direito!

Afinal que gozo me dera até então a existência, depois de adolescência preenchida por estudos exagerados, inúmeros exames e provas públicas? E o pouco que desfrutara em Campinas, clareira cheia de sol e encantos, aberta na compacta floresta de reminiscências descoradas, inspirava-me tanta vontade de viver, ou melhor, de conhecer a vida!

Só me animava um pouco, ao ser auscultado pelo médico, e o bom do Serafim a isto se prestava com inesgotável paciência, ouvir da sua boca que o mal não progredia.

Quando me sentia mais aliviado das palpitações, ia pescar no Taquari, onde o pescado é abundantíssimo, e deveras, valeria a pena a distração se não me visse atormentado por nuvens de borrachudos e sobretudo pólvoras, cuja ferroada imita perfeitamente um grãozinho daquele explosivo que de repente se incendeia sobre a pele. Terríveis bichinhos!

Os peixes mais frequentes naquela volumosa corrente são surubis[2] (e os há enormes, maiores que um homem), piabas, abotoados, traíras, pacus (poucos), piranhas — o peixe diabo — em

---

[2] Em itálico, na edição original, assim como todos os outros peixes citados na sequência, neste parágrafo.

quantidade não pequena. Desenhei alguns destes tipos no meu *Álbum pitoresco* e não saíram pouco parecidos.

Outro passatempo meu no melancólico e penoso acampamento do Coxim, à margem direita do largo e límpido Taquari, consistia em seguir e observar de perto o curiosíssimo trabalho do *formica leo*, inseto sobremaneira frequente naquelas paragens.

A larva é esbranquiçada, bastante parecida com o cupim,[3] pesadona de corpo e com um abdome grosso e estufado, que não lhe permite translação rápida e até moderada locomoção. Nestas condições, difícil lhe fora prover os meios de subsistência, de modo que, pungida pelo aguilhão do voraz apetite, peculiar ao seu estado de transição, se vê obrigada a recorrer à mais engenhosa e bem-concebida das armadilhas, de feição para assim dizer científica.

Nesse intuito, traça no solo areento e fofo uma circunferência de quase meio palmo de diâmetro, curva fechada que descreve, com o maior rigorismo geométrico, de diante para trás, isto é, recuando sempre, desde o ponto de partida até voltar a ele.

Em seguida, põe-se a cavar de dentro da linha para o centro, atirando fora, por um movimento súbito e balístico da cabeça articulada, a terra sacada metódica e progressivamente no seguimento de linhas que, a princípio, parecem ao observador circulozinhos concêntricos, mas, melhor examinados, são voltas de uma espiral cada vez mais apertada para o centro.

E assim aprofunda rapidamente um funilzinho, desde logo feito com tal arte e jeito, que qualquer objeto miúdo que caia nas bordas, rola prestes para o fundo.

Findo esse cone invertido e hiante, trata de alisar zelosamente as beiras, destruindo as mais ligeiras asperezas, e, com o entulho saído da abertura, forma vistoso e bem-socado terrapleno, como que a convidar despreocupados e amenos passeios; depois, agacha-se embaixo e, pacientemente, espera a presa que o acaso puser à sua disposição.

A máquina está montada; só faltam as vítimas.

Venham, então, formigas e outros insetozinhos caminhando despreocupados e alheios ao perigo que os espreita, e impreterivel-

---

[3] Em itálico, na edição original.

mente se despenham pelos inopinados e pérfidos declives, sendo incontinenti apreendidos com verdadeira ferocidade e trucidados sem demora pelo astuto vencedor, que lhes suga a linfa vital.

Terminado o triunfal festim, o *formica leo*, segurando o mísero cadáver com as mandíbulas, o sacode fora, ou, quando pesado demais, o arrasta para longe, subindo e descendo a recuanços, e procedendo sem detença à reparação dos estragos produzidos pelas peripécias da queda e da luta.

Às vezes — e não raro assim sucede — a preiazinha não é de pronto precipitada ao fundo e consegue agarrar-se à parede, em situação mais ou menos distante do ávido algoz; este, então, com muita destreza e boa pontaria, lhe atira grãozinhos de areia, que apressam, para um, o desenlace da catástrofe e, para outro, a posse da apetecida caça.

Rápido e certo é, em geral, o triunfo do encapotado salteador, até com insetos de muito maior vulto, gafanhotozinhos e grilos, que ficam atarantados com o tombo e a violenta agressão; mas também acontece que coleópteros (cascudos),[4] vindo abaixo, ao rastejarem por aí, dão a morte ao *formica leo*, o estrangulam e rapidamente se safam daquele abismozinho, que lhes ia sendo fatal.

Sem exageração posso afirmar que passei, acocorado ou sentado no chão, largos trechos do dia, acompanhando com viva atenção todas aquelas cenas de perfídia e morticínio, e esperando, com pachorra igual à do interessado, que alguma incauta criaturinha viesse figurar nesse incidente dramático, ainda que minúsculo, da natureza.

E aí me acudia à lembrança certo episódio, não sei se real, se de romance lido outrora, de perverso assassino que, privado das pernas desde o nascedouro, atraía, por meio de bem-engendrada cilada, ao alcance dos pujantes braços, transeuntes e viajantes, e lhes torcia o gasnete,[5] sem que pudessem bradar por socorro ou tentar a menor resistência, tais o pasmo e o horror que lhe tolhiam a voz e os membros!

---

[4] Em itálico, na edição original.
[5] Gasnete (o mesmo que gasganete): garganta ou pescoço.

Também, dominado por aquela insistente recordação, jamais concorri para a obra desleal e destruidora dos *formica leo*, encaminhando, só pelo prazer do entretenimento, pobres bichinhos à perdição. Contemplava até um tanto emocionado os valentes esforços que faziam em tão dolorosas e terríveis contingências, e não raramente auxiliava inesperadas salvações.

Quase sempre de manhã cedo é que a colheita se torna mais copiosa, de maneira que as armadilhas se preparam de madrugada ou pouco depois, consumindo a execução quase quarenta minutos de aturado afã.

Reparei igualmente que, nas horas de maior calor, quando o terrível sol daquela região batia de chapa, os embiocados[6] desertavam o posto de ataque e, com a celeridade que lhes era possível, iam abrigar-se à sombra das ervinhas em cima, já para não ficarem torrados, já para dispensar inútil *tocaia*.

Como tudo isso é curioso!

Às vezes eu me divertia em lhes agravar a canseira, fincando com alguma força um graveto ou uma pedrinha numa das rampas do funil; e então era de ver-se a diligência e atividade que os animalejos desenvolviam para safarem das suas máquinas de guerra esses obstáculos e elementos de perturbação, cavando ao pé deles, até fazê-los cair e tratando de puxá-los para fora e atulhar e aplainar as soluções de continuidade. Que dar de cabeça frenético e repetido ao experimentarem se sacudiam longe o importuno seixinho! Após muitas tentativas baldadas e que deveras me faziam sorrir como entrecho cômico, resolviam-se ao expediente supremo, carregá-lo às costas, mantendo-o, na marcha ascensional e sempre de recuo, em engraçado equilíbrio, por meio das patas dianteiras.

Não duvido nada que essas larvas untem as bordas e paredes do funil com algum líquido visguento, secretado de propósito para tornarem a superfície mais escorregadia e lisa, e assim impedirem paradas, que não só obrigam a contínuas e laboriosas reparações, como dão à presa tempo de voltar a si da cruel surpresa e preparar--se para heroica defesa.

---

[6] Embiocado: disfarçado, escondido.

Anexo B
VIAGENS DE OUTR'ORA
("O RIO AQUIDAUNA")[1]
(Mato Grosso)

I

Se há rio formoso no mundo, é o rio Aquidauana.

Cortando parte do distrito mais meridional de Mato Grosso e confluente do Miranda, que conserva ainda o apelido guaicuru de Mbotety e fora pelos portugueses batizado Mondego — tão belo lhes parecera à saudosa mente — nasce o Aquidauana de vertentes afastadas da grande serra de Maracaju ou Amambai.

A mais remota origem é o lagrimal do córrego da Pontinha, no dilatado chapadão de Camapuã, umas 50 léguas para lá do ponto em que já avulta o seu volume.

Enquanto marulhoso e pejado de grossas pedras, recebe os ribeirões Cachoeira, Cachoeirinha, Dois Irmãos, Taquaruçu e Uacogo, pela margem esquerda; pela direita, os córregos da Paixão, de Paxexi e João Dias. Desde essa confluência, tem curso desimpedido, livre de qualquer obstáculo e numa extensão de 30 a 40 léguas dá navegação franca a barcos de bom calado, até confundir com o revolto e quase sempre barrento rio Miranda a clara e pura corrente.

Rola por sobre um leito de alvíssimas areias ou rochas de grés vermelho, trabalhada nas margens tão singularmente pelo constante perpassar das águas, que parece todas aquelas linhas, desenhos, gregas e arabescos terem sido traçados, em horas de capricho, por algum ciclópio[2] e misterioso escultor, que não sabia como desperdiçar o tempo.

---

[1] Extraído de *Viagens de outr'ora: scenas e quadros mattogrossenses (1865-1867)*, do Visconde de Taunay, publicado originalmente em 1921, por iniciativa de seu filho Affonso d'E. Taunay, que reuniu nesse volume "escriptos vários do Visconde de Taunay, divulgados apenas, ineditos outros", conforme ele afirma em "Duas palavras", à guisa de esclarecimento. Usarei a segunda edição da obra (que reproduz sem alteração o conteúdo da primeira), pulicada pela editora Melhoramentos, São Paulo, s/d, que lançou, em vários volumes, toda a obra do escritor, sob supervisão do filho, Afonso d'E. Taunay. A ortografia foi atualizada.

[2] Relativo aos ciclopes, segundo o *Dicionário contemporâneo da língua portuguesa* de Caldas Aulete. Forma latina: *cyclopius*.

Altos são os barrancos, profundamente cavados nos rochedos dos cotovelos que faz o rio, quando este enche e não pode transbordar. Rói aí a terra, esboroa as camadas mais duras de argila e, ao voltar ao álveo, deixa pitorescos grotões e fundos recôncavos, cujo teto sustenta ainda elevada vegetação — quase sempre densos maciços de taquaruçu, de entre os quais se alteiam elegantes macaubeiras.

A pouco e pouco vai-se, porém, tornando o peso demasiado. Desaba então a abóboda, e a concavidade se transforma em abrupta rampa, listada de faixas paralelas de barro de todas as cores, desde o escarlate intenso ao roxo tenuíssimo.

Em todo o percurso do rio se formam as mais sedutoras paisagens; em suas cercanias, povoadas de toda casta de animais, as cenas mais inesperadas e sorridentes.

Por toda a parte é prodigiosa a abundância de pescado e caça de alto voo.

Quando, em começos do ano de 1866, levados ali por circunstâncias que deixei contadas em vários livros alguns já traduzidos e muito mais credores do aplauso do estrangeiro do que do apreço dos compatriotas — quando, eu e meu bom e leal amigo Lago, hoje falecido, explorávamos esse rio embarcados, a cada instante víamos possantes antas, veados de todas as espécies e intermináveis varas de porcos monteses, que vinham à beirada dessedentar-se e, atônitos, paravam, ao avistarem gente em tão ínvias e solitárias paragens.

Víamos bandos e bandos de lontras, ariranhas e capivaras, que mergulhavam espavoridas, ao passo que, nas alentadas árvores, pousavam inúmeras aves, mutuns, jacus, jacutingas, tão numerosas que nos pareciam urubus, tucanos, araras e papagaios sem conta, um mundo enfim de pássaros e voláteis de todos os tamanhos e matizes, que imprimiam a esses lugares aspecto maravilhoso, cunho verdadeiramente paradisíaco.

Nunca senti, como então, no meio daquela natureza virgem, vivificada por milhares de seres, cercado de matas colossais e sobre aquelas águas cristalinas — ora a refletirem nos remansos, um céu de turquesa, ora arrebentando, nas cachoeiras, em cachões de prata de encontro a cabeços de rochas ou fugindo, nas "corredeiras", com vertiginosa ligeireza — nunca senti alegria tão pura, tão viva e suave, tão branda, embora penetrada daquela pontazinha de tristeza e melancolia, que o poeta latino belamente exprimiu pelo "*flebile nescio quid*".

É que a rápida contemplação de tamanhos primores nos trazia a certeza de que os admirávamos pela primeira e última vez e de pronto nos incutia a saudade de logo perdermos aquilo que ainda estava debaixo dos nossos olhos.

II

Há trechos então de beleza excepcional. Assim, na porção encachoeirada e acima da confluência do córrego de João Dias, o rio, descendo por sensível declive, todo agitado e sussurrante, morre de súbito numa larga bacia, aberta com pasmosa regularidade em barrancas cortadas a pique. Ora geme a brisa nos folíolos dos taquaruçus e brinca sobre as águas; ora é o vento que, vergando os flexíveis colmos, enche aquele ignorado recanto de grandiosas harmonias. Nesses dois aspectos foi como o vimos e admiramos. No alto das escarpadas bordas estremeciam as árvores ao embate do forte sopro; enroscavam-se umas às outras as flexuosas e gigantescas canas; emaranhavam-se, torciam-se frementes, levando às vezes, como gesto de supremo desespero, os topos às convulsas copas das macaúbas, outras, abatendo-as até ao chão. Perturbado em sua habitual serenidade, de quando em quando refletia o lago o escuro das nuvens que orlavam o azul celeste e intenso de abertas,[3] por entre as quais, o sol estiava raios separados e de brilho ofuscador. Centenares de pássaros esvoaçavam; uns tocados pelo vento rijo, com as asas meio encolhidas, outros cortando com voo firme os agitados ares.

Brincavam muitas marrequinhas silvestres dentro d'água, sobre a qual se deslizavam alvíssimas garças e grandes e pesados tabuiaiás, enquanto lontras, mergulhando e nadando com assustada ligeireza, faziam reluzir, quando vinham à tona, o lustroso pelo.

Tudo aquilo gritava, tudo aquilo piava, unindo mil vozes discordantes, casando mil sons diferentes, que, combinados, davam ao quadro esse fluido da vida, só possíveis em obras saídas das mãos do artista Supremo...

---

[3] Aberta: nesga de céu que as nuvens, rompendo-se, deixam ver.

Outra ocasião vimos essa linda bacia em feição totalmente diversa. Tudo era calma, tudo era silêncio.

Não se moviam as águas; as árvores não se mexiam.

Luz vigorosíssima tudo penetrava; calor abrasador abatia e enervava as forças da natureza.

Iluminada em seus abrigos mais sombrios, não tinha a floresta mistérios; no fundo do lago branqueavam as areias como que em imensa taça de esmeraldina linfa, que numerosos cardumes de peixes, grandes e pequenos, uns prateados, outros vermelhos e cor de ouro, escuros e sarapintados — símbolo do mutismo — cortavam em todos os sentidos. E, ao longe, azulava a serra, cujos píncaros escalvados se estampavam num fundo fulvo, opaco, já riscado de lívidos relâmpagos. Era a trovoada que vinha vindo...[4]

III

Em peixes é fartíssimo o Aquidauana, alguns do mais delicado sabor. Abundam os jaús, surubis, dourados, em certos meses os pacus, pirapitangas, piranhas, além de corimbatás, traíras, pacupevas, abotoados, papa-terras, raias, piaus e outros comuns aos rios do Brasil.

O jaú é o maior dos peixes d'água doce em Mato Grosso.

Chega a proporções enormes e, extremamente voraz, não duvida atacar o homem. A força que tal monstro desenvolve, quando agarrado ao anzol, é prodigiosa, e não são raros os casos de grandes canoas viradas, ao teimarem os pescadores, confiados na resistência da linha ou corda, sacá-lo do seu elemento.

Na passagem a nado desse belo Aquidauana, um camarada chamado Ciriaco foi, debaixo das nossas vistas, nós já no barranco, arrebatado por um jaú.[5] Só ouvimos um grito horrível, só vimos como que um grosso vulcão d'água que arrebentava... depois sangue a tingir por momento um trecho do rio e... nada mais.

---

[4] Este primeiro capítulo é idêntico ao de *Céus e terras do Brasil* que tem o mesmo título; o autor, nesta segunda versão, aprimorou-lhe, contudo, o estilo, como observou Affonso D'E. Taunay.

[5] Em itálico, na edição original (entenda-se aqui segunda edição), embora anteriormente, neste mesmo texto, os tipos itálicos tenham sido dispensados na menção que o autor faz a este e outros peixes. Em suma, a partir daqui, o uso de itálicos, nesse texto, é caótico.

Voltara a corrente a caminhar quieta, serena, pura translúcida.

E aterrados por aquele horroroso drama, que não durara sequer um minuto, ali ficamos a contemplar esse local, de repente tornado tão lúgubre, quando toda a natureza em torno só falava da alegria de viver!...

No meio dos seus ofuscantes esplendores, surgira sinistro o espectro da morte a ferir o homem no seu orgulho de eterno e glorioso dominador de toda a criação!...

E como fora o pobre do Ciriaco, humilde e desconhecido camarada, poderia, instantes antes, ter sido um de nós, eu ou o Lago, devorado por um vil animal de ordem inferior, no desleal assalto de sua fome brutal e feroz!... Não estava, porém, no seu legítimo papel, no seu pleno direito, executando a lei da "luta pela vida" a que todos obedecem?

Em todo o caso, o frio das grandes comoções nos correu então pela espinha dorsal!...

O surubi[6] (*Platystoma*), chamado mais comumente em Mato Grosso pintado,[7] é peixe de pele com malhas pardacentas, mais ou menos regularmente dispostas, em fundo acinzentado. A cabeça chata e ocupando quase um terço do comprimento total tem apendículos compridos e filamentosos como a dos bagres. De carne saborosa, sobretudo nos exemplares pequenos, cresce extraordinariamente e pode tomar as maiores proporções. Dizem até que o jaú nada mais é do que o surubi chegado ao máximo de seu desenvolvimento. Nunca tive ocasião de verificar isso. Nos rios do Rio de Janeiro, no Paraíba e até Paraibuna, não deixa em certos meses de ser frequente a presença desse excelente peixe. Em outros pontos do Brasil não é conhecido, faltando-nos completamente dados seguros e positivos acerca da distribuição ictiológica nas grandes bacias do nosso regime fluvial.

O mais abundante e ao mesmo tempo um dos mais apreciados habitantes do Aquidauana, como de todo o rio Paraguai e seus afluentes, sobretudo na parte setentrional, é o pacu[8] (*Prochilodus*

---

[6] Em itálico, na edição original.
[7] Em itálico, na edição original.
[8] Em itálico, na edição original.

Agassiz) também chamado caranha[9] e do qual Pisão, o ilustre companheiro de Marcgraff, diz: *"Melioris saporis et nutrimenti habetur, quam sargus europeus."*

Achei-lhe, entretanto, a carne forte, pesada, oleosa demais.

Tem cor escura, azulada dentro da água, escamas pequenas, imbricadas com reflexos dourados, geralmente de dois a três palmos de largura, de maneira que apresenta forma característica e achatada.

Em certos meses dá tal abundância de azeite que só por isso sua pesca alimenta proveitoso comércio. A quantidade é prodigiosa.

Por ocasião das enchentes do Paraguai os pacus seguem os transbordamentos em grandes cardumes, ao se inundarem os vargedos e campos léguas e léguas, não raro além de 50 e 60, e, na retirada das águas, acham-se presos em poças e lagoas, onde morrem abafados pelo número e intenso calor.

O ar fica então infeccionado em grandes distâncias.

Contaram-me que, em certos pontos, próximos ao rio Paraguai, vê-se, em certas depressões do terreno já então enxuto, o chão forrado de camadas de muitos palmos desses restos, que atraem nuvens de urubus,[10] os tão geralmente conhecidos, completamente negros, outros só próprios de Mato Grosso e de todo brancos, com a cabeça e o pescoço sem penas, nus e carunculosos e as pernas e pés vermelhos.

Essas imundas aves de rapina, que pela primeira vez vi perto do Aquidauana, chamadas urubutingas[11] (urubus brancos), de longe são lindas e vistosas e semelham bandos de grandes e alvinitentes pombos. Têm hábitos absolutamente idênticos aos dos seu congêneres.

Voltemos, porém, ao pacu,[12] a quem um ditado popular em Mato Grosso atribui em parte prestígio e qualidades capazes de prender para sempre aquele que visita pela primeira vez essa distante região.

"Quem come", afirme ele, *"cabeça de pacu, rabo de piraputanga e carne de cuiabana,*[13] *não sai mais de Mato Grosso."*

[9] Em itálico, na edição original.
[10] Em itálico, na edição original.
[11] Em itálico, na edição original.
[12] Em itálico, na edição original.
[13] O tal prolóquio é muito mais característico e anatômico em sua ingênua enunciação. (N.A.)

Não achei lá grande coisa a tão apregoada *cabeça de pacu*; mas com todas as veras confirmo que a *piraputanga* (*araroitiici* dos guanás — peixe de rabo vermelho) é dos mais delicados manjares que nos podem proporcionar as águas doces ou salgadas.

A carne saborosíssima, rija, é toda listada de riscas vermelhas muito rubras, em fundo de notável alvura, de maneira que, servida à mesa, tanto agrada à vista como ao paladar.

As piraputangas[14] nunca chegam a grandes dimensões; atingem no máximo 2½ palmos de comprido; mas comumente regulam de 1 a 2.

Habitando rios claros, sobem, não raro, os ribeirões e córregos, até onde encontram água suficiente e ficam retidas em poços e buracos mais fundos até a época das enchentes. No córrego dos Laianos, afluente de um subsidiário do Aquidauana, apanhei à mão algumas de bom tamanho, apesar da água não ter nem meio palmo em certa concavidade da rocha.

Que delicioso regalo para o jantar desse dia!

Extremamente ariscas, as piraputangas[15] não se deixam pegar ao anzol, senão depois de muitos dias de regular e paciente ceva; e assim mesmo desconfiam sempre dos cuidados de que se veem rodeadas e fogem com regular rapidez, desferindo em sua ofegante carreira cintilações rubras, púrpuras e prateadas.

IV

No Aquidauana é bastante rara a presença dos monstruosos sucuris,[16] mais afeiçoados aos lugares empantanados e às águas, quando não paradas, torvas e barrentas.

Igualmente lá não são muito frequentes as perigosíssimas[17] piranhas (*Myletes macropomus*), também conhecidas por peixe--diabo[18] e tão célebres pela estupenda voracidade dos imensos cardumes que formam.

---

[14] Em itálico, na edição original.
[15] Em itálico, na edição original.
[16] Em itálico, na edição original.
[17] Em itálico, na edição original.
[18] Em itálico, na edição original.

Relativamente pequenas, pois no máximo terão um palmo de comprido, mas nadando em bandos de milhares e milhares, nada resiste aos botes dos seus dentinhos afiados como a mais terrível navalha. Excitadas pelo aparecimento do sangue das vítimas, chegam, no ardor do ataque e da fome, a se devorar umas às outras.

Um boi, caindo na água e sujeito às suas dentadas e beliscaduras, desparece, espicaçado com prodigiosa rapidez, em minutos!...

É uma vertigem! Contam que os boiadeiros, nos pontos de passagem infestados por tão temido bicho, costumam, antes da transposição de toda a boiada, tanger na água as reses mais fracas e magras, que sacrificam, como obrigado tributo, ao tremendo apetite das piranhas.[19]

No rio Taquari, eu as pescava com um trapozinho de baeta vermelha na ponta de uma linha presa a flexível cana, e com alguma ligeireza, apurada pelo exercício e o hábito, sacudia para a margem quantas queria. Uma vez examinando, embora com todo o cuidado, a boca de uma delas, morta e bem morta, feri-me tão profundamente com o gume de um dos dentes maiores, que ainda hoje se vê no dedo a cicatriz.

E a tal pesca valia a pena, pois Pisão fala de cadeira e com bom fundamento, quando diz da piranha:[20] *"Edúlis non solum caro ejus albissivma, sed quod friabilis et sicca optimi saporis"*.

É corrente em todo o sertão, e dou a história pelo que vale, nada afirmando, nem contestando — que a onça costuma entregar-se aos prazeres piscatórios, apanhando piranhas[21] com rara habilidade e indiscutível tática.

Quando encontra nas matas inundadas e nas *corixas*[22] algum tronco de árvore caída, estira-se nele e deixa pender na água a ponta da cauda, tendo o cuidado de não mergulhar mais que o penachinho terminal. A piranha[23] precipita-se em cima, mas é sacada do seu ele-

---

[19] Em itálico, na edição original.
[20] Em itálico, na edição original.
[21] Em itálico, na edição original.
[22] Lugares de maior depressão nos terrenos alagados pelo transbordar dos grandes rios e onde se acumulam, por causa da maior quantidade de água, sobretudo pacus e piranhas, o que não quer dizer que toda a *corixa* tenha peixe. (N.A.)
[23] Em itálico, na edição original.

mento por um movimento rápido, nervoso e hábil de toda a cauda e atirada longe a lugar enxuto, onde mui naturalmente não se sente a gosto e expia logo com a morte a imprudente aventura. Conseguida desta arte boa porção, espera o felino que estejam bem mortas para então comê-las cautelosamente, tendo o sensato cuidado de não lhes engolir a cabeça, que destaca com uma dentada jeitosa.

Serão todas as onças capazes desses atos, que no seu complexo indicam uma série de precauções filhas da experiência e da prática? Não haverá em todas as cautelas tomadas o assinalamento de uma evolução ascendente?

Em relação a pássaros, observou-se bem curioso fato na Laguna, sul de Santa Catarina. Outrora, aquela cidade sustentava animado comércio por meio da salga dos bagres,[24] que pululavam nas bacias internas, formadas pelo mar e pelas águas do rio Tubarão na sua foz... De uns dez ou quinze anos para cá, escasseou, porém, e de modo pasmoso essa proveitosa fonte de receita, porque uma ave aquática, o biguá,[25] depois de muitas e infrutíferas tentativas, *aprendeu* a quebrar os ferrões daquele peixe para poder engoli-lo, o que antes não sabia fazer. E a quantidade dos biguás[26] que para lá afluiu, pondo em prática a descoberta, foi tal, que a pescaria do homem se tornou muito pouco rendosa. Também a Câmara Municipal instituiu prêmios em dinheiro para quem apresentasse certo número de biguás[27] mortos.

E, com efeito, encetada a destruição dos incansáveis e inúmeros perseguidores, vai o peixe reaparecendo e contentando mais os pescadores da Laguna, ainda que tais pássaros não se mostrem dispostos a facilmente abandonar o terreno da concorrência e da luta.

V

Não frequentam as águas e margens do Aquidauana os tão conhecidos jacarés. Se os há, é em diminuto número. Coisa curiosa. Em todas as minhas viagens pelo interior do Brasil,

---

[24] Em itálico, na edição original.
[25] Em itálico, na edição original.
[26] Em itálico, na edição original.
[27] Em itálico, na edição original.

transpondo por vezes grandes rios como os afluentes do Paraná e do Paraguai, tendo junto deles parada mais ou menos longa, posso dizer que jamais vi um só jacaré. Abundam, entretanto, de modo pasmoso no curso do rio Paraguai, como na bacia do Amazonas. O único que enxerguei, assim mesmo morto e bem pequeno, foi à beira de uma poça de água esverdeada, perto da fronteira do Apa; e o acaso me causou bastante estranheza, para que o tivesse conservado em lembrança.

Creio que são raros no sistema fluvial do majestoso Paraná; mas por que razão, sendo tão comuns à beira do Paraguai, onde de qualquer lado, aparecem às centenas, de todos os tamanhos, alguns de temerosas dimensões, não sobrem afluentes considedáveis, como o Taquari, Miranda e outros? Repito, nunca os vi nas correntes que transpus e foram inúmeras, quer na viagem de ida, quer na de volta — e nem nos pantanais, que fui obrigado a atravessar do Coxim até o Taboco, considerado limite sul da chamada Lagoa Xaraiés.

As sucuris (*Boa murina* ou *scytale*, de Lineu) atingem proporções que as tornam entes deslocados na natureza proporcional do nosso globo, tipos sobreviventes dos períodos antediluvianos, como são rinocerontes, hipopótamos e elefantes. Nada mais nojento do que o aspecto destas enormes serpentes que chegam, segundo dizem, a seis braças, até mais, de comprimento. São de cor escura no lombo com grandes manchas de um amarelo escuro sujo, dispostas com certa regularidade; por baixo e no ventre, amarelo claro desmaiado. Afinam bastante no pescoço e têm cabeça grande com olhinhos muito parados, sem brilho, como que mortos, e boca larga e capaz de extraordinária extensão.

Ao chegarem as forças expedicionárias ao Coxim, mataram, alguns pousos antes, os soldados uma que media 40 palmos de comprido e nada menos de 12 de circunferência, pois acabara de engolir alentado veado. Estava em começo de digestão e estirada a fio comprido, deixou-se esbordoar até morrer, sem quase se mexer.

Arrastada até o meio do acampamento, onde a fomos contemplar com tanto pasmo quanto asco, abriram-lhe depois o estômago e ventre; e tal foi o fétido que desprendeu, tão violento e insuportável, que não houve senão levantar o abarracamento e ir pousar em outro lugar bem afastado.

De sucuris contam-se as histórias mais estupendas. Dizem que o ronco ou grito é de extraordinário estridor, ouvindo-se a distâncias pasmosas. O jesuíta Charlevoix, na sua *História do Paraguai*,[28] chega a referir que tais monstros se atiram às mulheres com outro fim que não simplesmente devorá-las e cita o testemunho do padre Montoya, que, em certa ocasião, confessara uma índia *in extremis*. "*Étant occupée a laver du linge sur le bord d'une rivière, elle avait été attaquée par un de ces animaux, qui lui avait fait, dit elle, violance. Le missionaire la trouva étendue par terre au même endroit.*" Dessas histórias donjuanescas de tão fatal consequência não ouvi em Mato Grosso. Lembro-me, porém, da que me relatou, com muitos pormenores, o meu amigo Tenente João Faustino do Prado. Numa viagem a Cuiabá, passando ele pelos pantanais, então secos, do Piquiri, observou de longe um touro que disparava a miúdo, parecendo retido por extenso cipó. De mais perto, conheceu que era enorme sucuri. A serpente depois de esticar-se mais possível, retraía-se devagar, trazendo de rastro ao chão a presa, cada vez mais exausta.

Com o aproximar de gente, o touro deu desesperado arranco e partiu à disparada, bramando loucamente.

A sucuri deu de si, até ficar da grossura de quase dois dedos; depois, começou a encolher-se, puxando a vítima que, extenuada por tantos esforços, de novo se deixara cair por terra.

A vitória era certa; conhecido o final... novo elemento o perturbou.

O facão do homem por golpe feliz a liberdade ao touro, que, erguendo-se de um pulo, sacudiu a cabeça e arrojando-se pela vasta campina, com o tronco da serpente pendurado no pescoço, em breve desapareceu daquele teatro, onde devera achar a morte e bem singular sepultura.

---

[28] Em itálico, na edição original.

VI

Consinta o benévolo leitor que eu continue a tratar desses curiosos e mal conhecidos habitantes do sertão fundo e pouco explorado, as tais sucuris,[29] também denominadas, já na mesma zona, já em outras regiões, *sucuriús, sucurejus* ou *sucurujubas*, indiferentemente, embora pretendam alguns[30] que estes diversos nomes indiquem progressão no tamanho e nas dimensões. Para os maiores fica então reservado o apelido de *minhocão*, até certo ponto contraproducente, pois nada mais deveria significar do que uma minhoca grande,[31] isto é, a amplificação de um dos mais humildes e insignificantes anelídeos.

Segundo o ilustre Martius, o vocábulo vem dos índios maxorunas,[32] moradores nos arredores de Tabatinga, Amazonas, e que falam um dialeto da língua omagua.[33] Nesta, a tal cobra chama-se *ylaken*, ao passo que naquele dialeto tem o nome de *suculiú*.

Parece-me — talvez esteja equivocado — o assunto interessante e credor de alguma atenção, pois se refere a seres, cuja existência, conforme já deixei dito, no seio da nossa natureza, toda ela gradual em suas criações e desdobramentos, dá ideia de largo e verdadeiro pulo nessa série de répteis ofídios; isto é, entre a maior cobra, uma grande jiboia,[34] por exemplo, e semelhante monstro, que atinge proporções positivamente colossais, há como que interrupção e falta de tipos intermédios, provavelmente porque ele representa um dos poucos entes vivos que se salvaram dos grandes cataclismos nas épocas terciárias do nosso globo.

E tempo virá em que despareça de todo, do mesmo modo que as grandes feras, cuja diminuição é já tão sensível pela guerra contínua e tenaz que por toda a parte lhes faz o homem. Não me lembro agora de momento que autor dizia, mais ou menos nestes termos, a seguinte verdade: "A caçada e destruição das bestas

---

[29] Em itálico, na edição original.
[30] Desta opinião é o ilustrado Dr. Manoel Godofredo de Alencastro Autran, que largo tempo habitou o Pará e conhece bem a região amazônica. (N.A.)
[31] A expressão "minhoca grande" está em itálico, na edição original.
[32] Em itálico, na edição original.
[33] Em itálico, na edição original.
[34] Em itálico, na edição original.

feras nocivas à humanidade é tanto mais fácil e efetiva, quanto difícil e ilusória a dos animais infinitamente pequenos, ainda mais perigosos e vorazes do que aqueles."

Em todo o caso, o tipo sucuri[35] está destinado a sumir-se da terra, em que se acha, sem dúvida alguma, deslocado. Hoje, para encontrá-lo, é preciso viajar-se muito para o interior dos sertões, tendo completamente desaparecido de regiões em que era outrora bem frequente.

Bom será, por isto, que os zoólogos e sábios na especialidade se apressem em lhe dispensar mais cuidados e interesse do que até agora, sendo muito de estranhar que, sobretudo nos nossos museus e coleções, não lhe deem lugar bem assinalado e a que tem incontestável direito, possuindo-se e mostrando-se alguns exemplares mais notáveis, quer empalhados, quer vivos. Como fora curioso ter preso um desses estupendos animais para, a gosto e detidamente estudá-lo, no limitado círculo de hábitos que possa denunciar!

Não seria, aliás, estou bem convencido, hóspede incômodo. O Dr. Ladislau Netto, nas *Investigações sobre o Museu Nacional*, conta que uma jiboia, cobra congênere, mas sem contestação possível de espécie diversa, já vivera numa gaiola mais de três anos, recusando obstinadamente comer e beber. Mui natural parece que uma sucuri[36] procedesse com igual delicadeza, deixando bem longe todos os jejuadores, Tanner, Succi e outros, caso, um belo dia, não se prestasse, por condescendência, a triturar nas suas temíveis voltas um boi e a engoli-lo inteiro, à vista dos espectadores maravilhados e prontos para aplaudi-la.

Aí saberíamos, ao certo, quem tem razão: se Spix, Martius e outros, ao pretenderem que a sucuri[37] devora a presa por uma continuada e vagarosa sucção, mas sem untá-la de baba e visga (*sic*), ou então Humboldt, o príncipe de Neuwied e mais autoridades, que afiançam, com visos de razão, ser-lhe indispensável esse lúbrico induto preparatório de tão formidolosa deglutição.

---

[35] Em itálico, na edição original.
[36] Em itálico, na edição original.
[37] Em itálico, na edição original.

Segundo Auguste de Saint-Hilaire — o sábio e meigo viajante tão amigo do Brasil, tão exato nas suas notas e apontamentos, tão consciencioso e verídico nas suas menores asseverações — as sucuris[38] alcançam trinta a quarenta palmos. "Nunca vi, adianta ele, exemplar algum vivo."

Spix e Martius, que trataram desse monstruoso réptil com bem visível receio de caírem no exagero, referem-se às informações de um certo Nogueira Duarte: "Pelo que nos contou ele, dizem, atinge essa cobra proporções que lhe dão aspecto de um tronco de palmeira caído por terra. Não tem veneno, mas é temível pela força. Quando quer atacar um animal, enrola a ponta da cauda numa árvore ou num rochedo, atira-se sobre a presa, esmaga-lhe os ossos nas dobras e a engole devagar como que a chupando. Velhas sucuris,[39] levadas pela fome, chegam a atacar cavaleiros montados, bois e touros. Engolem as reses até aos chifres que, escancarando-lhes a boca, só caem afinal com a putrefação do corpo. Vários homens do sertão, acrescentam os dois sábios alemães, nos afiançaram que, dentro do estômago de sucuris[40] de 40 pés de comprimento haviam encontrado um veado e dois porcos do mato (*Reisen*, p. 522).

Aires de Casal pouco adianta. Assevera até uma inverdade: "A sua mordedura é apenas curável" (*Introdução à corografia brasílica*, p. 56), quando o tal bicho quase não tem dentes e ainda menos os temíveis colchetes das obras venenosas.

Com mais razão do que nós, deviam os antigos conhecer sucuris[41] em regiões e localidades, onde fora hoje de todo o ponto impossível encontrá-las mais.

---

[38] Em itálico, na edição original.
[39] Em itálico, na edição original.
[40] Em itálico, na edição original.
[41] Em itálico, na edição original.

Pretendem, contudo, vários autores, que o gênero *boa*, a que pertencem essas cobras, seja peculiar só à América meridional. Do antigo continente são os gêneros *pthon*, *eunecte* (bom nadador, em grego), *moluro* e outros. Não há, porém, estudo certo e aprofundado a tal respeito. Diz-se, por exemplo, que o gênero *python* se distingue pelos dois colchetes ou ferrões que tais animais têm em torno do ânus; pois bem, esta particularidade *vi* e *observei* em diversos exemplares de sucuris. E, entretanto, Auguste de Saint-Hilaire afirma que isso não passa de fábula! (N.A.)

As duas temerosas serpentes que, na praia da Troada, enlearam o mísero Laocoonte e seus dois filhos e lhes trituraram os ossos nos tremendos amplexos, nada mais eram do que genuínos ascendentes desses nossos *aproterontodes*.[42] E o terrível episódio deu lugar a um dos mais belos e admirados trechos do livro segundo da *Eneida* e a uma das obras-primas da escultura grega, colaboração dos artistas ródios Agesandro, Polidoro e Atenodoro, todos três de inexcedível mérito e inspiração.

Como é formosa, quanto expressiva, a tão citada narração de Virgílio!

Parece estarmos assistindo à truculenta cena, tal qual o meu amigo João Faustino do Prado nos pantanais do Piquiri:

> *"...spirisque ligant ingentibus; et jam*
> *Bis medium amplexi, bis collo squamea circum*
> *Terga dati, superant capite et cervicibus altis."*

"Ligam-no com ingentes espirais e, depois de lhe terem duas vezes circundado o corpo pelo meio e passado em torno do pescoço duplos anéis de escamas, ultrapassam-no de toda a altura da cabeça e das alevantadas cervizes."

O desventurado sacerdote de Apolo e Netuno de certo ignorava o simplíssimo processo do sertanejo brasileiro para, incontinente, desprender, como adiante relatarei, os mais apertados laços da sacuri[43] e deles se libertar. Debalde tenta, a poder dos braços e das mãos, afastá-los e, como o touro, urra e muge desoladamente:

> *"Ille simul manibus tendit divellere nodos,*
> ....
> *"Clamores simul horrendos ad sidera tollit —*
> *Quales mugitus..."*

"Ele, porém, busca apartar com as mãos os possantes nós... e aos céus lança horrendos clamores, quais mugidos do touto etc."

---

[42] Família que compreende os gêneros acima mencionados. Esperamos com impaciência a bela promessa que nos deu o ilustrado Sr. Dr. Emilio D. Göldi. Contou-me pessoa digna de confiança que nas matas pedregosas de Teresópolis ainda há sucuris. (N.A.)

[43] Em itálico, na edição original.

Em outra célebre ocasião aparece nova referência a esses monstruosos ofídios. Foi na primeira guerra púnica, quando o cônsul Atílio Régulo se transportou às costas da África, a fim de ir atacar, em sua fonte e base, o poder de Cartago.

E recordo-me bem que, aos meus colegas da comissão de engenheiros, lembrei essa ocorrência histórica de incontroversa veracidade, quando fomos ver e examinar a sucuri,[44] que os soldados haviam morto e arrastado até ao meio do nosso acampamento, conforme contei atrás.[45]

Desde essa ocasião, nutri desejos de verificar o caso; mas só agora, no forçado lazer e passados mais de 27 anos, foi que tive ensejo de me ocupar com isso, reatando o que tencionava fazer em 1865 ao que realizo em 1893.

Recorri, pois, há dias, ao meu Tito Lívio, o ilustre autor da *História romana*; mas, ao folheá-lo, experimentei não pequeno desapontamento. Exatamente o livro XVIII, que trata do fato com a menor minudência, totalmente se perdeu. Só escapou o cabeçalho do capítulo, cujas primeiras palavras ainda mais pungiram a minha curiosidade: "Combate do exército de Atílio Régulo contra uma formidável serpente, não sem perda de muita gente".

São assim as picuinhas da sorte; ainda bem felizes quando ela só prega dessas peças e decepções e não carrega demasiado a mão sobre nós, pobres humanos subordinados aos seus contínuos caprichos!...

Não desanimei, porém, e, depois de baldadas pesquisas, fui consultar um dos maiores colecionadores de anedotas, máximas, aventuras e curiosidades das letras latinas, Valério Máximo, de quem temos o curioso livro — *De dictis factisque memorabilis*.

Sendo, em todas as investigações, bem naturais o empenho e o amor próprio que nelas logo se travam e nos impelem a prosseguir sempre, com verdadeira alegria, quase orgulho, achei, afinal, o que queria. E, como recompensa do meu trabalho, seja-me lícito reproduzir aqui o trecho por inteiro na bela língua em que foi

---

[44] Em itálico, na edição original.

[45] No minucioso *Relatório Geral da Comissão de Engenheiros* por mim redigido e reimpresso, no tomo 38, parte II, da *Revista do Instituto Histórico*, achei que esse fato se dera a 23 de outubro de 1865 junto ao Ribeirão do Castello, em Goiás. (N.A.)

escrito. Ministrarei em seguida a tradução para ajudar aqueles — e creio que nisso acharão prazer — que já não possuem bem o seu latim, mas podem com algum auxílio dar conta ainda de uma versão, sobretudo em prosa.

> *"Serpentis quoque a Tito Livio curiosite pariter ac facundae relatae fiat mentis. Is enim ait, ut in Africa apud flumen Bagradam tantae magnitudinae anguem fuisse, ut Atilii Reguli exercitum usi amnis prohiberet; multisque militibus ingenti ore correptis, compluribus caudae voluminibus elisis, quum telorum jactu perforari nequiret. Ad ultimum balistarum tormentis undique petitam, silicum crebis et ponderosis verberibus procubuisse, omnibus que et cohortibus et legionibus ipsa Carthagine visam terribiliorem. Atque enim cruore suo gurgitibus imbutis, corporisque jacentis pestifero afflatu vicina regione polluta, romana inde submovisse castra. Dicit bellae enim corium centum viginti pedes longum in urbem missum."*

"Cumpre não esquecer a serpente de que Tito Lívio deu curiosa e brilhante descrição. Conta que, na África, perto do rio Bagrada, encontrou-se uma cobra de tal magnitude, que impediu a aproximação do rio a todo o exército de Atílo Régulo. Engolia soldados na sua goela, esmagando a muitos nas voltas da cauda. Não lhe faziam mossa os dardos; mas afinal, esmagada ao peso dos projéteis e das pedras, que de todos os lados lhe arremessavam as máquinas e a gente, sucumbiu, depois de ter parecido a todos, coortes e legiões, mais terrível do que a própria Cartago. As águas do rio ficaram tintas do seu sangue, e as exalações pestilenciais que saíram do cadáver empestaram a região toda, obrigando os romanos a levantarem acampamento. Acrescenta Tito Lívio que a pele desse monstro mandada para Roma media 120 pés."

Exceção feita da terrível luta que custou a vida a tantos homens, não foi o que nos aconteceu com a nossa sucuri,[46] levando-nos imperiosamente à imediata mudança de acampamento?

VII

Uma vez, viajando eu, no mês de janeiro de 1867, para o belo ponto de Nioaque, que as forças expedicionárias no sul de Mato Grosso iam ocupar na sua marcha até a fronteira do Apa, parei num

---

[46] Em itálico, na edição original.

pouso chamado Baeta. Em companhia do meu colega da comissão de engenheiros tenente Catão Augusto dos Santos Roxo, levava o meu fiel camarada Floriano Alves dos Santos 12 soldados e mais de 20 índios terenas[47] bem armados, que nos serviam de proteção naquela arriscada exploração militar, porquanto já entráramos na zona vigiada pelos inimigos paraguaios.

Impossível recanto mais interessante, pitoresco, poético do que aquele pouso.

Do solo pedregoso, coberto de seixinhos rolados, tinha à esquerda um bosquete como que cuidado por mãos de hábil jardineiro, as árvores de bom tamanho, pindaíbas[48] e acácias[49] de folhagem mimosa e tão elegantes no viso e na disposição dos galhos, espaçados, porém, e deixando nos intervalos verdejar relva fina, miúda, esmeraldina. Serpeava por ali com mil voltas o mais lindo regato de águas puríssimas e borbulhantes a se meterem para dentro do formoso capão[50] mais denso e fechado no interior.

Arreamos à beira as bagagens e cargas, e começaram os soldados a armar toldos e barracas.

Eu, levado sempre pelas seduções da natureza, fui seguindo o curso do córrego, extasiado por tudo quanto contemplava naquele verdadeiro canto de grande parque inglês.

Cheguei, então, a uma como que clareira e de repente senti um movimento de profundo horror.

Diante de mim, vi, a certa distância, uma sucuri[51] formando, porém, enorme rolo, que, em altura, poderia chegar aos peitos de alentado homem com a circunferência que dariam os seus braços fechados em círculo! A cabeça do monstro, comparável com a de um novilho, os olhinhos sem brilho, embaciados, descansava no alto do formidoloso cilindro.

---

[47] Em itálico, na edição original.
[48] Em itálico, na edição original.
[49] Em itálico, na edição original.
[50] Em itálico, na edição original.
  Das duas palavras tupis *caá*, mato, e *poam*, redondo, ou então *caá*, mato, e *paun*, fechado, limitado, cercado. (N.A.)
[51] Em itálico, na edição original.

Deveras, não foi para mim um bom momento; mas, sem grande susto, fui recuando e em breve estava no meio dos companheiros. Todos foram logo ver o bicho; contudo, por mais que instássemos, eu e Catão, nenhum soldado ou índio quis fazer fogo sobre ele.

— Qual, Sr. tenente, — eu era, então, 2º Tenente de artilharia — assim é muito perigoso, explicou-me um dos camaradas. A sucuri[52] não ficaria sequer ferida e se atirava em cima de nós, que era um Deus nos acuda.

Que verdade havia nessa asseveração? Teríamos, com efeito, de sustentar como a gente de Atílio Régulo combate com aquele *aproteronte*, conforme aconteceu coma serpente do rio Bagrada?

Afirmou-me depois o grande sertanejo José Francisco Lopes, o histórico guia de *A retirada da Laguna*, que não, e que a sucuri,[53] protegida pelas escamas, que, de fato, balas não podem perfurar, se muscaria[54] com ligeireza para dentro do capão.[55]

Em todo o caso, naquela ocasião demos aplicação inteira ao ditado popular *os incomodados são os que se mudam* e sem mais demora, deixando esse pouso, fomos procurar outro, arredado de qualquer bosque e um tanto longe de regatos, por mais convidativos que fossem.

Aliás, motejava esse Lopes do susto por que tínhamos passado.

Mereciam-lhe as sucuris[56] só nojo e desprezo. Uma vez fora enlaçado na coxa por uma delas, mas, sem perder um minuto o sangue-frio, soubera logo e logo libertar-se do laço. Tirara a faquinha (o seu *Kissé*, dizia ele) e, levantando uma das escamas, fizera uma picadinha na carne do assaltante. Tanto bastara para que o animal sem detença se raspasse, não esperasse por mais nada.

Parece, com efeito, que simples alfinetada dada por uma criança serve para imediatamente se desembaraçar de tão horrendo amplexo.

Por isso lamentamos os esforços impotentes do desgraçado Laocoonte a querer salvar-se a si e aos míseros filhos. Decerto,

---

[52] Em itálico, na edição original.
[53] Em itálico, na edição original.
[54] Muscar-se: sumir, desaparecer, esconder-se.
[55] Em itálico, na edição original.
[56] Em itálico, na edição original.

conhecedor presciente e adivinho das práticas sertanejas, não se houvera debalde extenuado em tentar *divellere nodos*; mas, arrepiando uma das malhas da couraça serpentina, contentar-se-ia com decisivas e proveitosas espetadelas e fisgadas, que teriam feito fugir para bem longe os fatais enviados do astuto e implacável Netuno.

VIII

Dissemos já que os naturalistas reservam o nome genérico de — boa — para as sucuris e ofídios de igual categoria na América Meridional particularmente, pertencendo elas à espécie *anaconda* ou *scytale*, ou *murina* ou ainda *aquática*. Entretanto, aquela denominação a respeito de cuja verdadeira etimologia não há muita segurança, foi de toda a antiguidade empregada para apelidar os grandes ofídios do antigo continente e até com especialidade na Itália.

Assim, Georginus Pictor, referindo-se a uma crença, que também existe no interior do Brasil, diz:

> *"Boa quidem serpens quam tellus itala nutrit,*
> *Hunc bubulem plurus lac... docente."*

Conta-se, de fato, por toda a parte no sertão brasileiro, que essas cobras, como em geral todas, são em extremo ávidas de leite, levando umas a astúcia a ponto de introduzirem, alta noite, a extremidade da cauda na boca das crianças recém-nascidas, enquanto elas, muito de manso e sorrateiramente, chupam à tripa forra[57] os seios das mães ou amas adormecidas. Parece não passar isto de fábula; mas assim afiançam e sustentam todos os cronistas populares, com grandes protestos. Como, porém, se tem transmitido de geração em geração desde os primeiros tempos, semelhante história, lenda ou crendice?

Afirmam que até as jararacas preguiçosas ficam deveras espertas, quando sentem o cheiro do leite, buscando-o com imensa sofreguidão, repentinamente ágeis nos seus movimentos.

---

[57] À tripa forra: em grande quantidade ou abundância, livremente.

Grandes dúvidas se agitam em relação a sucuris, a saber, se essas cobras têm ou não voz e podem, conforme asseveram os sertanejos, emitir sons e soltar roncos e até uivos. Dizem, então, que os uivos do "Minhocão", sucuri chegada a tamanho estupendo, são medonhos e enchem de pavor toda a natureza. Nunca tive ocasião de ouvi-los nem de perto nem de longe.

Uma vez, o velho guia Lopes acordou-me para fazer escutar a algazarra (assim chamou ele) do minhocão; mas viu-se levado a concordar comigo que os silvos e o estrondo chegados até nós, aliás um tanto amortecidos pela distância, eram produzidos pelo vento na mata próxima, sendo a nossa barraca comum sacudida na ocasião por grandes lufadas. Maior perplexidade ainda reina, quanto à serventia dos ferrões ou colchetes que esses animais têm de lado e de outro do ânus, ferrões de uma polegada ou polegada e meia de comprido, longos na base e agudos como espinhos na ponta, amarelos e pretos e de consistência dura, córnea. Chegam alguns autores a negar a existência desses singulares apêndices; mas, repito, eu os vi e observei sempre, é, aliás, cousa assente na ciência, verificando-se a sua presença até nos pítons[58] da África e da Ásia.

Diz-se por todo o sertão que constituem meios de melhor ponto de apoio ao animal quando enrosca a cauda numa árvore ou rocha e prepara o bote fatal à presa; mas a posição parece contrariar positivamente semelhante explicação.

Dizem os zoólogos que são órgãos contendores para a cópula, como se os vê tão extraordinários e desenvolvidos em alguns insetos machos, faltando, como é natural, nos exemplares femininos.

Será com efeito um distintivo masculino nesses ofídios? Não parece crível, pois esse caráter é tomado para a determinação científica de certos gêneros especiais sem discriminação de sexo.

Outros supõem que servem para a progressão e marcha, ou, então, melhor apreensão dos animais já agarrados.

Parece-me mais curial,[59] opinião, aliás, de gente abalizada, que apresentam órgãos quase de todo atrofiados, como que singelo as-

---

[58] "Hytons da África e da Ásia", na edição original.
[59] Curial: conveniente, sensato, lógico, de acordo com as normas.

sinalamento do aparelho posterior de locomoção que desapareceu, sendo tais ferrões a indicação rudimentar do fêmur ou do tarso.

Quem sabe se a sucuri não é senão uma reprodução adulterada de alguns monstros diluvianos, tão medonhos e temidos de toda a criação nos tempos pré-históricos, do plesiossauro, por exemplo, a combinação de um sáurio (teratológico jacaré) ou qualquer outro gigantesco réptil e de colossal cobra?

Estamos, porém, ultrapassando os limites naturais de um simples folhetim, a agitar hipóteses tão graves e obscuras.

Há, porém, na natureza, sempre harmônica no seu todo, dessas indicações, na aparência insignificantes, que devem ter muito valor aos olhos do cauteloso observador. Abundam de todos os lados as provas; mas lembraremos uma em que muita gente, decerto, não repara, embora a tenha debaixo das vistas, a cada momento do dia, para assim dizer.

Que significa a calosidade que os cavalos e bestas têm no alto das pernas dianteiras e, entre parênteses, bastante as afeia? Nada mais, nada menos, o quinto dedo, que não ficou, como os outros quatro, encerrado no casco, o polegar, que foi colocar-se em andar tão elevado, tomando aspecto de simples placa redonda, dura, rugosa.

E esse polegar tem de transformar-se um sem número de vezes e ir-se modificando na formosa e ascendente série evolutiva dos seres criados, até vir constituir-se o privilégio do homem, a dar-lhe o domínio incontestado e monopolizador sobre a natureza inteira, apesar de todas as lutas e resistências!

É, com efeito, o polegar que empenha a arma de defesa e de ataque, maneja o chuço,[60] a lança, a espingarda, agarra a espada, desfere a flecha, segura a enxada, a agulha, o escopro,[61] o pincel, a pena; é o polegar a grande força, o primeiro e o mais precioso auxiliar da inteligência e da alma — sopro divino infundido pelo Onipresente nesse extraordinário resumo de toda a escala zoológica, nessa estupenda síntese do mundo organizado, nesse admirável microcosmo que se chama Homem!

---

[60] Bordão ou porrete ao qual se prende uma ponta metálica.
[61] Escopro: cinzel.

REFERÊNCIAS BIBLIOGRÁFICAS

AGAMBEN, Giorgio. *O que resta de Auschwitz*. Trad. Selvino J. Assmann. São Paulo: Boitempo, 2008.

BENJAMIN, Walter. *Obras escolhidas II: Rua de mão única*. Trads. Rubens Rodrigues Torres Filho e José Carlos Martins Barbosa. São Paulo: Brasiliense, 2000.

BORGES, Jorge Luis. *O livro dos seres imaginários*. Trad. Heloisa Jahn. São Paulo: Companhia das Letras, 2007.

CANDIDO, Antonio. "A viagem de Jünger". Prefácio. In: JÜNGER, Ernst. *Nos penhascos de mármore*. Trad. Tercio Redondo. São Paulo: Cosac & Naify, 2008.

CASCUDO, Luís da Câmara. *Dicionário de folclore brasileiro*. Belo Horizonte: Itatiaia, 1984.

CORTÁZAR, Julio. *O jogo da amarelinha*. Trad. Fernando de Castro Ferro. Rio de Janeiro: Civilização Brasileira, 2012.

————. *Bestiario*. Buenos Aires: Punto de Lectura, 2006a.

————. *Final del juego*. Buenos Aires: Punto de Lectura. 2006b.

————. *Rayuela*. Madri: Cátedra. 1997.

DIAS, Maurício Santana. "Primo Levi e o zoológico humano". Prefácio. In: LEVI, Primo. *71 contos de Primo Levi*. Trad. Maurício Santana Dias. São Paulo: Companhia das Letras, 2005.

FLAUBERT, Gustave. *Ouevres completes*, t. 1. Paris: Seuil, 1964.

GOMBROWICZ, Witold. *Curso de filosofia em seis horas e quinze minutos*. Trad. Teresa Bulhões Carvalho da Fonseca. Rio de Janeiro: José Olympio, 2011.

————. *Pornografia*. Trad. Tomasz Barcinski. São Paulo: Companhia das Letras, 2009.

————. *Testament: Entretiens avec Dominique de Roux*. Paris: Gallimard, 1996.

IZECKSOHN, Vitor. "A Guerra do Paraguai". In: GRINBERG, Keila; SALLES, Ricardo (orgs). *O Brasil Imperial 1831-1870*, v. II. Rio de Janeiro: Civilização Brasileira, 2009.

Jünger, Ernst. *Nos penhascos de mármore*. Trad. Tercio Redondo. São Paulo: Cosac & Naify, 2008.

Kundera, Milan. *Um encontro: ensaios*. Trad. Teresa Bulhões Carvalho da Fonseca. São Paulo: Companhia das Letras, 2013.

Lacoue-Labarthe, Philippe; Nancy, Jean-Luc. *O mito nazista*. Trad. Márcio Seligmann-Silva. São Paulo, Iluminuras, 2002.

Levi, Primo. *71 contos de Primo Levi*. Tradução de Maurício Santana Dias. São Paulo: Companhia das Letras, 2005.

Malaparte, Curzio. *Kaputt*. Trad. Mário e Celestino da Silva. Rio de Janeiro: Civilização Brasileira, 1970.

McLoughlin, Kate. *Authoring war: the literary representation of war from* Iliad *to Iraq*. Cambridge: Cambridge University Press, 2011.

Perniola, Mario. *Desgostos: novas tendências estéticas*. Trad. Davi Pessoa. Florianópolis: EdUFSC, 2010.

Roa Bastos, Augusto. *Contravida*. Tradução de Josely Vianna Baptista. Rio de Janeiro: Ediouro, 2001.

Taunay, Afonso d'Escragnolle. *Zoologia fantástica do Brasil (séculos XVI e XVII)*. São Paulo: Edusp, 1999.

————. *Monstros e monstrengos do Brasil*. Org. Mary del Fiore. São Paulo: Companhia das Letras. 1998.

Taunay, Visconde de. *Inocência*. Org. Vadim Nikitin. São Paulo: Martins Fontes. 2005a.

————. *Memórias*. Org. Sérgio Medeiros. São Paulo: Iluminuras, 2005b.

————. *Ierecê a guaná*. Org. Sérgio Medeiros. São Paulo: Iluminuras, 2000.

————. 1977. *A retirada da Laguna*. Trad. e org. Sérgio Medeiros. São Paulo: Companhia das Letras. 1997.

————. *Viagens de outr'ora*. São Paulo: Melhoramentos, 1921.

Viveiros de Castro, Eduardo. *A inconstância da alma selvagem e outros ensaios de antropologia*. São Paulo: Cosac & Naify, 2002.

White, T.H (ed.). *The Book of Beasts: Latin Bestiary of the Twelfth Century*. Nova York: Dover Publications, 1984.

Wilson, Edward O. *Diversidade da vida*. Trad. Carlos Afonso Malferrari. São Paulo: Companhia das Letras, 2012.

CADASTRO
ILUMI*N*URAS

Para receber informações
sobre nossos lançamentos e
promoções envie e-mail para:

cadastro@iluminuras.com.br

Este livro foi composto em Garamond pela Iluminuras e foi
impresso nas oficinas da *Psi7*, em São Paulo, SP, em papel
offset, 80 gramas.